Annemarie Nikolaus: Η εγγονή
Quick, quick, slow – Λέσχη χορού Lietzensee

ANNEMARIE NIKOLAUS

Η εγγονή

Quick, quick, slow – Λέσχη χορού Lietzensee

Μυθιστόρημα

1

«Εμπρός – εμπρός – στο πλάι – πάμε...» Η σοπράνο φωνής της Ινές Γκρούμπε ακούστηκε πάνω από τη μελωδία της μουσικής. Εννέα ζευγάρια προσπαθούσαν να ακολουθήσουν τις οδηγίες της προπονήτριας.

Η Μαντελίν Λαγκράνζε πίεσε τα χέρια της στο στήθος του παρτενέρ της στο χορό, για να κερδίσει μεγαλύτερη απόσταση. «Ρόμπερτ, λίγο ακόμα και θα με λιώσεις!»

Ο Ρόμπερτ Μερκ έσφιξε τα χείλη του, αλλά χαλάρωσε τη λαβή του. «Φτάνει τόσο;» Κοροϊδία ακούστηκε στη φωνή του. «Δεν ήξερα ότι είσαι τόσο εύθραυστη.»

Γύρισε τα μάτια της στο ταβάνι. Και για μια στιγμή έχασε το μέτρο της· ο Ρόμπερτ την έσφιξε ξανά.

Καθώς περνούσαν χορεύοντας μπροστά από την ανοιχτή πόρτα, έριξε μια ματιά στο μεγάλο ρολόι πάνω από το μπαρ. Της φάνηκε σαν να είχε σταματήσει στο μεταξύ. Δεν γινόταν να τελειώνε τώρα η ώρα της πρόβας;

Ο παππούς καθόταν στον πάγκο του μπαρ και έμοιαζε να την παρακολουθεί· τα πόδια του κινούνταν στο μέτρο της μουσικής. Ακόμα και μετά από σχεδόν είκοσι χρόνια δεν είχε ξεμάθει τίποτα. Ίσως έπρεπε εκείνος να εξασκείται μαζί της αντί γι' αυτόν τον εκνευριστικό τύπο.

Η Ινές έκλεισε τη μουσική και τους διέταξε να κάνουν ένα σύντομο διάλειμμα.

«Ω, Θεέ μου!» Η Μαντελίν σκούπισε με το πίσω μέρος της παλάμης της τον ιδρώτα από το μέτωπό της. Ύστερα κοίταξε τα πόδια της. «Το καινούργιο μου καλσόν δεν θα μπορούσε παρά να καταστραφεί.»

«Αφού επιμένεις να βάζεις τα πόδια σου κάτω από τα δικά μου.»

«Α, ώστε έτσι, ε;» Του φαινόταν αστείο; Άφησε το Ρόμπερτ σύξυλο και πήγε στο μπαρ.

«Η Μαντελίν μου!» Ο Ζορζ Λαγκράνζε της έτεινε με μάτια που έλαμπαν ένα ποτήρι μεταλλικό νερό. «Είσαι μακράν καλύτερη από τον παρτενέρ σου. Μα ποιος είναι, μου λες;»

Η Μάργκα Φίσερ, που εκτός από το γραφείο διηύθυνε και το μπαρ, άπλωσε το χέρι της να πιάσει το άδειο ποτήρι του Ζορζ, ενώ στο άλλο χέρι κρατούσε το μπουκάλι με το κόκκινο κρασί, για να τον σερβίρει. «Η εγγονή σου έχει το ρυθμό στο αίμα της. Από ποιον άραγε το κληρονόμησε;» Τον σέρβιρε κλείνοντάς του το μάτι.

«Από το γιο μου σίγουρα όχι. Αυτός ανατίναξε πάλι το μισό εργαστήριο.»

Η Μάργκα τον κοίταξε τρομαγμένη. «Όχι!» Χαμογέλασε νευρικά. «Με κοροϊδεύεις πάλι!»

«Ασφαλώς και όχι. Το έγραψαν και οι χτεσινές εφημερίδες.» Στο μέτωπό του εμφανίστηκε μια ρυτίδα θυμού. «Φυσικά εμένα δε μου το είπε.» Πήρε το ποτήρι του από τα χέρια της Μάργκα και στράφηκε πάλι στη Μαντελίν. «Ποιος είναι αυτός με τον οποίο χορεύεις λοιπόν;»

Εκείνη ανασήκωσε τους ώμους. «Ο Ρόμπερτ Μερκ. Ο πατέρας του νομίζω είναι συνάδελφος του Κλάους Βέχτερ.»

«Ώστε οικογένεια αστυνομικών.» Η ρυτίδα από το μέτωπο του Ζορζ εξαφανίστηκε. Ακριβώς τη στιγμή που ο Ρόμπερτ πλησίαζε την μπάρα του μπαρ, εκείνος κοίταξε το νεαρό φιλικά.

Ο Ρόμπερτ ζήτησε από τη Μάργκα μια μπύρα. «Αυτή μου αξίζει νομίζω για σήμερα.»

«Και με την οδήγηση τι θα γίνει;», τον ρώτησε η Μαντελίν αιχμηρά. «Υποτίθεται ότι θα με πήγαινες με το αυτοκίνητο στο σπίτι.»

Κοκκίνησε μέχρι τις ρίζες των μαλλιών του. Η Μαντελίν έκρυψε τη διασκέδασή της πίσω από το σηκωμένο της ποτήρι.

Ο Ζορζ έξυσε σκεπτικός το πηγούνι του. «Θα συνεχίσετε να χορεύετε μαζί μας και μετά τα μαθήματα γνωριμίας;»

Η ματιά του Ρόμπερτ έπεσε στην Μαντελίν. «Η λέσχη χορού Lietzensee έχει αξιοζήλευτη φήμη · αυτό μου αρέσει πολύ. Το σκέφτομαι, αν βρισκόταν και μια παρτενέρ για τα ερασιτεχνικά μαθήματα!»

«Ασφαλώς, ασφαλώς.» Ο Ζορζ έγνεψε ικανοποιημένος. «Με το καλό λοιπόν.» Σήκωσε το ποτήρι του εις υγείαν του Ρόμπερτ. «Σας παρακολουθούσα ξέρετε.»

«Και; Τι γνώμη έχετε;» Ο Ρόμπερτ όρθωσε το ανάστημά του. «Μπορώ να ελπίζω ότι κάποια μέρα θα γίνω τέλειος;»

«Μπα!» Η Μαντελίν ρουθούνισε. «Τι γίνεται; *Fishing for compliments*, Ρόμπερτ;» Δεν κατέβαλε καμία προσπάθεια να κρύψει την περιφρόνησή της.

«Για άλλη μια φορά δεν καταλαβαίνεις από αστεία, Μάντελιν! Δε σε πάτησα δα και τόσο συχνά το πόδι!»

Ο Ζορζ ακολούθησε την ακούσια προς τα κάτω ματιά της Μαντελίν. Στο δεξί της πόδι είχε έναν λεκέ δίπλα στον αστράγαλο. «Δεν είναι και πολύ έξυπνο να χορεύεις με πέδιλα. Αγόρασε ένα ζευγάρι σωστά παπούτσια χορού.»

«Για ποιο λόγο; Μια φορά να διασχίσω το δρόμο με αυτά και θα είναι για πέταμα.»

«Με τι ασχολείστε επαγγελματικά, Ρόμπερτ;»

«Με τίποτα ιδιαίτερο.» Ανασήκωσε τους ώμους του. «Με το Επαρχιακό Γραφείο του Ράινικεντορφ. Αλλά δεν τελειώνει εκεί η ζωή μου.» Στα μάτια του εμφανίστηκε μια λάμψη. «Μια καριέρα ως χορευτής τουρνουά... Αυτό είναι κάτι που σε βάζει σε σκέψεις.»

«Στην εποχή μου ήμουν ιδιαίτερα επιτυχημένος. Τέσσερις φορές βρέθηκα ανάμεσα στους τρεις πρώτους του γερμανικού πρωταθλήματος · ομοίως δύο φορές στο παγκόσμιο πρωτάθλημα.» Αλλά ποτέ δεν είχε κερδίσει ο παππούς · αυτό το κράτησε κρυφό από τους νεαρούς συνομιλητές του. «Ο πατέρας μου ήταν από τους πρώτους που χόρεψαν σε χορό σχηματισμού πριν από το Δεύτερο Παγκόσμιο Πόλεμο. Η Μαντελίν συνεχίζει την παράδοση της οικογένειας.»

Μα τι του 'ρθε; «Παππού!» Η Μαντελίν κούνησε το κεφάλι της. «Για να καταφέρω να κερδίσω μια θέση φοίτησης στην Ιατρική, ξέρω πολύ καλά με τι πρέπει να γεμίσω τις μέρες μου μέχρι το απολυτήριο.»

«Μα είσαι τόσο έξυπνη, Μαντελίν. Δεν μπορώ να φανταστώ ότι χρειάζεσαι τόσο πολύ χρόνο για μελέτη.» Ο Ρόμπερτ της άρπαξε το χέρι. «Το μάθημα συνεχίζεται.»

«Να τελειώσω το νερό μου.» Η Μαντελίν τράβηξε το χέρι της από το δικό του και του έδειξε την αίθουσα χορού. «Πήγαινε λοιπόν.»

Ο Ρόμπερτ κοιτούσε διστακτικά μια την Μαντελίν και μια την αίθουσα χορού. Ύστερα άρχισε απαλά η μουσική · σύντομα η Ινές θα συνέχιζε το μάθημα. Ακόμα πιο διστακτικά άρχισε να κινείται.

«Ουφ!» Η Μαντελίν αναστέναξε, όταν πια εκείνος βρισκόταν εκτός πεδίου ακοής. «ΑΥΤΟΣ ΜΟΥ ΤΗ ΔΙΝΕΙ ΣΤΑ ΝΕΥΡΑ!»

«Μα γιατί; Είναι τόσο ευγενής! Και τόσο φιλόδοξος.»

«Απλώς δεν είναι ο τύπος μου.»

Ο Ζορζ κρυφογέλασε διασκεδασμένος. «Και ποιος είναι ο τύπος σου;»

Κοίταξε με ύφος ονειροπόλο το ταβάνι. «Ψηλός, λυγερός, με μαύρα μαλλιά. Ενήλικας.»

«Αυτό που λες ακούγεται σαν να έχεις κάποιον συγκεκριμένο στο μυαλό σου. Έχεις ερωτευτεί κάποιον από τους καθηγητές σου;»

Η Μαντελίν γέλασε · αυτό ήταν κάτι που δεν αφορούσε τον παππού. «Πάω κι εγώ.»

Όμως μετά από δύο βήματα έμεινε ξανά ακίνητη. Με κρατημένη την αναπνοή κοίταξε τον άνδρα που μόλις μπήκε μέσα. Λυγερός και με φαρδείς ώμους· το τζιν παντελόνι του και το κοντομάνικό του τόσο στενά, που διαγράφονταν όλες οι κινήσεις των μυών του. Και τα μαλλιά του μαύρα, αν και λίγο υπερβολικά κοντά για τα γούστα της. «Ουάου!» Εξέπνευσε αργά. Μήπως τον είχε με κάποιο μαγικό τρόπο καλέσει;

Συνέχισε να τον παρακολουθεί με τη γωνία του ματιού της και απευθύνθηκε στην Μάργκα. «Ποιος είναι αυτός, καλέ;»

«Ο Κρις Ράινχαρτ, ο Caller μας!»

«Ε;» Αυτό τώρα τι σήμαινε;

«Μαντελίν!» Ο Ρόμπερτ της έκανε με έντονες κινήσεις νόημα και εκείνη με έναν αναστεναγμό ξεκίνησε να πάει κοντά του.

***

Το βλέμμα του Κρις καρφώθηκε στην Μαντελίν, που περπατούσε στα ψηλοτάκουνά της με φανερή ραθυμία προς την αίθουσα χορού. Το όμορφο πρόσωπό της είχε παγώσει σε μια βλοσυρή έκφραση. Τι δουλειά είχε εδώ αυτό το κορίτσι, αν δεν γούσταρε το χορό;

«Καλησπέρα, Κρις!» Η φωνή της Μάργκα του διέκοψε την παρατήρηση. «Κανόνισα για αντικατάσταση. Η ηχητική εγκατάσταση ήταν πέραν κάθε επισκευής.»

Ο Ζορζ συνοφρυώθηκε. «Αντικατάσταση, Μάργκα; Αυτό δεν είναι στον προϋπολογισμό μας.»

«Ούτε και η επισκευή είναι, αλλά κάτι θα σκεφτούμε. Το συζήτησα με τον Βέρνερ.»

Το μέτωπο του Ζορζ ίσιωσε λίγο. «Τα σκέφτεσαι πάντα όλα.»

Η Μάργκα χαμήλωσε μεμιάς το κεφάλι της πάνω από το νεροχύτη και έβαλε μέσα τα άδεια ποτήρια. Ο Ζορζ σεργιάνισε προς την αίθουσα χορού. Ο Κρις τον ακολούθησε και στηρίχτηκε στο πλαίσιο της πόρτας.

Τα περισσότερα ζευγάρια συνέχιζαν να προσφέρουν ένα λυπητερό θέαμα. Και αυτό που παρουσίαζαν η Μαντελίν με τον παρτενέρ της έμοιαζε περισσότερο με αγώνας σε ρινγκ παρά με ένα αργό βαλς. Γιατί δεν τον άφηνε να την οδηγεί εκείνος, όπως έπρεπε; Ήταν ξεκάθαρο ότι αυτό δεν ήταν το φόρτε της.

Οι ματιές τους διασταυρώθηκαν· άθελά του ο Κρις της χαμογέλασε. Εκείνη κοκκίνησε και γύρισε αμέσως τη ματιά της αλλού. Ο Κρις δεν ήθελε να πάρει τα μάτια του από πάνω της. Οι μπορντό ανταύγειες στα ξέμπλεκα καστανόξανθα μαλλιά της της πρόσθεταν μια τόλμη, που τον τραβούσε. Ταίριαζε με αυτόν τον αγώνα που γινόταν ανάμεσα σε κείνη και τον παρτενέρ της.

«Κάποιο βράδυ θα μπορούσαμε να επιμηκύνουμε λίγο το μάθημα για να τους δείξω μερικά βήματα Square Dance», είπε στον Ζορζ.

Ο Ζορζ αγκυλώθηκε. «Αυτά είναι μαθήματα γνωριμίας για κοινωνικούς χορούς!» Ξερόβηξε και η φωνή του ακούστηκε λιγότερο τραχιά. «Είναι ήδη αρκετά προβληματικό να διοργανώνουμε ως λέσχη μαθήματα χορού.»

Η Μάργκα του έκανε ένα νόημα με το βλέμμα· έτσι ο Κρις δεν έδωσε συνέχεια στη συζήτηση.

2

Φυσικά ο Ζορζ στο επόμενο οικογενειακό γεύμα τους τρέλανε
όλους με το να τους λέει πόσο περήφανος θα ήταν αν είχαν ξανά
στην οικογένεια μια χορεύτρια χορών σάλας. Η μητέρα την
Μαντελίν η Κονστάνζε του θύμισε ότι η Μαντελίν έπρεπε τώρα
να ξεσκιστεί στο διάβασμα για το απολυτήριό της. Αυτό εντάξει,
το δέχτηκε. Ενοχλήθηκε όμως κάπως όταν η Μαντελίν του εξή-
γησε ότι μάθαινε χορό μόνο για «οικιακή χρήση». Ως μελλο-
ντική γιατρός θα έπρεπε απλώς να το κατέχει. Τον παρηγόρησε
βέβαια με την υπόσχεση ότι μετά τα δοκιμαστικά μαθήματα θα
συνέχιζε στα ερασιτεχνικά μαθήματα χορού. Το Ρόμπερτ θα
τον ξεφορτωνόταν.

Την Παρασκευή όμως αργά το απόγευμα καθόταν ακόμα
στο γραφείο της και μελετούσε για μια γραπτή εξέταση. Κάποια
στιγμή αφοσιώθηκε στις σελίδες του «*PloS One*» διαβάζοντας
τα νεότερα ιατρικά άρθρα. Η έρευνα θα ήταν μια συναρπαστική
εναλλακτική αντί της αποστολής της στο εξωτερικό με τους
«Γιατρούς χωρίς Σύνορα». Αντί για την οθόνη ατένισε σκεπτική
την αφίσα της Αφρικής στον τοίχο.

«Μαντελίν, τηλέφωνο!» Η φωνή της Κονστάνζε την τράβηξε
από τους συλλογισμούς της.

Κατέβηκε τις σκάλες πηδώντας, η Κονστάνζε της έτεινε το
ακουστικό.

«Το κινητό σου το έχεις κλειστό;» ακούστηκε η θυμωμένη
φωνή του Ρόμπερτ.

«Ναι, ασφαλώς. Ξεσκίζομαι στο διάβασμα.»

«Έχεις ιδέα τι ώρα είναι;»

Κοίταξε το ρολόι του χεριού της. «Είναι τελείως περιττό, το ότι με παίρνεις να με ρωτήσεις αυτό.»

Καθώς ο Ρόμπερτ εκρυγνυόταν, εκείνη απομάκρυνε το ακουστικό από το αυτί της και γύρισε τα μάτια της στο ταβάνι.

«Γιατί δεν του είπες από την αρχή ότι δεν μπορούσες;» φώναξε η Κονστάνζε από την κουζίνα.

Η Μαντελίν αναστέναξε και κάλυψε το ακουστικό του τηλεφώνου με την παλάμη της. «Θα απογοητευόταν ο παππούς, *Maman*.» - Στράφηκε πάλι προς το τηλέφωνο. «Άκου, Ρόμπερτ. Αν αυτό που θέλεις να μου πεις είναι ότι πρέπει να ξεκουνηθώ να έρθω, τότε μαζέψου.»

«Μα φυσικά και θέλω να έρθεις. Πάρε τηλέφωνο να περάσει να σε πάρει ένα ταξί, για να μην αργήσεις περισσότερο. Πληρώνω εγώ.»

Ο Θεός να του έδινε χάρη αν έλεγε έστω μία κουβέντα όταν θα έφτανε.

Ο Ρόμπερτ την περίμενε στο μπαρ · είχε καλμάρει στο μεταξύ. «Μάργκα, μπορώ να έχω μια μπύρα για μένα και την Μαντελίν;»

«Ρόμπερτ, σου έχει στρίψει βίδα.» Η Μαντελίν τον άφησε να στέκεται εκεί.

Στη μικρή σάλα χορού ένα ζευγάρι στεκόταν στο παράθυρο και συζητούσε χαμηλόφωνα. Με την εμπειρία που είχε από τα δοκιμαστικά μαθήματα η Μαντελίν συστήθηκε μόνο με το μικρό της όνομα.

Το κορίτσι της έτεινε το χέρι. «Εγώ είμαι η Τάνια κι αυτός ο αδερφός μου ο Άξελ. Είναι ο παρτενέρ μου σε αυτόν τον χορευτικό γκρουπ.» Παρτενέρ; Η Μαντελίν τους περιεργάστηκε με δυσπιστία. Μα καλά δεν ήταν αυτό εδώ κάπως σαν ντίσκο; Τι μπλέξιμο.

Ο Ρόμπερτ ήρθε στην πόρτα της σάλας κρατώντας ένα αλουμινένιο κουτάκι. «Τη μπύρα την ήθελες τελικά ή όχι;»

«Όχι, ευχαριστώ. Όχι να βρωμάω μπύρα.»

Για μια στιγμή πήρε το ύφος του κατσαδιασμένου · μετά, σηκώνοντας τους ώμους του, τοποθέτησε τη μπύρα δίπλα στο ηχοσύστημα. Εκείνος βέβαια είχε ήδη πιει. Όταν την πήρε στα χέρια του για τον πρώτο χορό, την χτύπησε η κλούβια μυρωδιά.

Ο Ρόμπερτ την τράβηξε τόσο κοντά του, καθώς χόρευαν το αργό βαλς, που τα χείλη του χάιδευαν σχεδόν το αυτί της. Τουλάχιστον τα αυτιά της δεν ήταν σε θέση να μυρίσουν την αναπνοή του που έζεχνε μπύρα.

Ξαφνικά της πάτησε με όλη του την ορμή το πόδι. «Μάλλον θα έπρεπε να δεχτούμε την προσφορά του παππού σου να μας προπονήσει.»

«Δεν έχω χρόνο», του σφύριξε μέσα από τα δόντια της με φωνή γεμάτη πόνο. «Πρέπει να μελετήσω.»

«Μια φορά την εβδομάδα. Έλα, πες ναι.»

«Αυτό εδώ μετράει ως το μια φορά την εβδομάδα, Ρόμπερτ.»

Η μουσική σταμάτησε · η Ινές ήρθε προς το μέρος τους. «Μαντελίν, δάνεισέ μου για ένα λεπτό τον παρτενέρ σου.»

Μάλιστα, πολύ ευχαρίστως! Η Ινές ανέλαβε να τον καθοδηγήσει και φρόντισε ώστε να τοποθετήσει στη σωστή θέση το κεφάλι του.

Εκείνος βέβαια δεν το πήρε και πολύ κατάκαρδα · κόλλησε ξανά πάνω στη Μαντελίν. Η γεμάτη ελπίδα ματιά που έριχνε στο ρολόι σε κάθε γύρο άρχισε να γεμίζει με τους χορευτές που μαζεύονταν γύρω από το μπαρ. Παραδομένη συνέχισε να χορεύει.

Όταν τελείωσε η ώρα του μαθήματος, ο χώρος μπροστά από τον πάγκο ήταν τόσο γεμάτος από κόσμο, που μετά βίας κατάφερε να περάσει. Ένας άτσαλος ξανθός έκανε καταλάθος ένα βήμα πίσω και η Μαντελίν τον πάτησε.

«Συγνώμη!»

Γύρισε, κι εκείνη πρόσεξε τα εύθυμα γκριζογάλανα μάτια

του. «Με πέτυχες διάνα! Να μου πατάει τα πόδια μια γυναίκα με την όπισθεν δεν είναι κάτι που μου συμβαίνει και κάθε μέρα!» Με τα δυο του χέρια την άρπαξε από τους γοφούς. «Με σένα ευχαρίστως θα χόρευα.» Την έκανε μια στροφή.

Στην αρχή ήθελε να αντιδράσει αγανακτισμένη στην παρενόχληση, αλλά το χαμόγελό του την ημέρεψε. «Θέλεις να δηλώσεις συμμετοχή για τον αποκριάτικο χορό;» Θα χόρευε με τον οποιονδήποτε αν ήταν να γλυτώσει από τον Ρόμπερτ.

«Αυτό αργεί για μένα πολύ ακόμη!» Είχε ακόμα ένα χαμόγελο ζωγραφισμένο στο πρόσωπό του. Την έκανε άλλη μια στροφή και την απελευθέρωσε.

«Δοκίμασε τη χειμερία νάρκη», του ανταπέδωσε.

Έσκυψε στο αυτί της και της ψιθύρισε. «Μην το πεις σε κανέναν. Για το χειμώνα έχω καλύτερα σχέδια.»

Κρυφογέλασε. «Χωρίς εμένα; Τι παραπονιέσαι τότε;»

«Τι άλλο μου μένει να κάνω; Την επόμενη βδομάδα πετάω για Σιγκαπούρη.» Χαμογέλασε με το σαστισμένο της πρόσωπο.

Σιγκαπούρη! Τι παιδαρέλι! Δεν φαινόταν να το αντέχει η τσέπη του. Με το γέλιο ακόμη στα χείλη της βγήκε από τους χώρους της λέσχης. Αν μη τι άλλο, τουλάχιστον συναντούσε ευγενικούς ανθρώπους. Μια φιγούρα με φαρδείς ώμους και μαύρα μαλλιά εμφανίστηκε στις σκέψεις της.

3

Σαν να μην την εμπιστευόταν στο μεταξύ, ο Ζορζ εμφανίστηκε την Παρασκευή το απόγευμα μετά το διάλειμμα των Χριστουγεννιάτικων διακοπών για να πάρει μαζί του την Μαντελίν στη λέσχη χορού.

Γλυστρούσε αργά στους παγωμένους δρόμους που οδηγούσαν στο κτίριο της λέσχης. «Η Ινές μου είπε ότι δυσκολεύεσαι να εναρμονιστείς με τον Ρόμπερτ. Παλεύεις για το ποιος θα ηγηθεί;»

«Εκείνος παλεύει μαζί μου!» Ήλπιζε ότι θα καταλάβαινε ότι δεν ήθελε να συζητήσει για τον Ρόμπερτ.

«Είναι συμπαθητικός τύπος!»

«Υπάρχει κάποιος στη λέσχη που δεν είναι συμπαθητικός;»

Γέλασε. «Μερικές φορές! Αλλά αυτοί δε μένουν για πολύ καιρό.»

Η ματιά του, καθώς της άνοιγε την πόρτα για να κατέβει από το αυτοκίνητο, έπεσε στα μποτάκια της. «Πάλι μόνο πέδιλα έφερες για να αλλάξεις;»

«Δεν έχω άλλα *High Heels*.»

«Ακόμα και με φλατ παπούτσια δεν είσαι πολύ μικρή για τον Ρόμπερτ.»

«Ίσως κάποια στιγμή να χορέψω και με κάποιον άλλον.» Περπατούσε πίσω του βυθίζοντας τα πόδια της στο χιόνι και κουνώντας πέρα δώθε το σάκο.

Στις έξι ακριβώς πέρασαν την πόρτα της λέσχης. Ο Ρόμπερτ δεν ήταν ακόμα εκεί. Έλειπαν και άλλοι· λογικά εξαιτίας του

15

καιρού. Ίσως αυτή να ήταν η ευκαιρία της να ψαρέψει έναν άλλο χορευτή.

«Πόσο αυστηροί είναι οι κανονισμοί εδώ, παππού; Αν κάποιος αργήσει να έρθει...»

Γέλασε. «Δεν το έχουμε κανόνα να επιπλήττουμε τα μέλη των ερασιτεχνικών μαθημάτων. Είναι ήδη αρκετά δύσκολο να κρατάμε σταθερό τον αριθμό τους.»

Ακούμπησε το χέρι του. «Δεν το ήξερα ότι η λέσχη έχει πρόβλημα.»

«Μα δεν έχει. Όχι περισσότερο από τους άλλες χορευτικές λέσχες.»

«Καταλαβαίνω... Αν σκέφτονται όλοι όπως εγώ: Τα μαθήματα χορού χρειάζονται μόνο να μη ντροπιάζεται κανείς. Αλλά τότε...»

Το πρόσωπο του Ζορζ σκοτείνιασε. Ήλπιζε ακόμα ότι εκείνη θα ήθελε να εμπλακεί με τη λέσχη;

Η Ινές βγήκε από το γραφείο και πήγε προς το μέρος της. «Μαντελίν; Ο Ρόμπερτ δεν θα έρθει σήμερα. Φρόντισα να σου βρω έναν καβαλιέρο να πάρει τη θέση του.» Έδειξε προς τη σάλα χορού. Δίπλα στην ηχητική εγκατάσταση, με την πλάτη γυρισμένη σε κείνη, στεκόταν ένας άτσαλος άνδρας με ξανθά μαλλιά.

«Βλέπεις, παππού; Γι' αυτόν χρειάζομαι ψηλά τακούνια.»

Τακούνια! Αυτός δεν ήταν ο τύπος που είχε πατήσει πρόσφατα; Όποιος και να ήταν, τουλάχιστον δεν ήταν ο Ρόμπερτ.

Ακολούθησε την Ινές και ο άνδρας που στεκόταν δίπλα στην ηχητική εγκατάσταση έκανε μεταβολή. Πράγματι.

«Ποιος είναι αυτός;», ψιθίρισε στο αυτί της Ινές.

«Ο Χίννερκ Μάρτενς. Σπουδάζει Γεωλογία ή Γεωγραφία. Κάτι τέτοιο.»

Το παιχνιδιάρικο χαμόγελό του έδειχνε ότι είχε αναγνωρίσει τη Μαντελίν. «Γεια σου, Ινές, αυτή είναι η άμοιρη που πρέπει να χορέψει μαζί μου σήμερα;»

«Η Μαντελίν ξεκίνησε το χορό με το τελευταίο γκρουπ των μαθημάτων γνωριμίας. Να είσαι επιεικής μαζί της λοιπόν.»

«Ναι, λες κι εγώ το κατέχω καλύτερα.» Στα μάτια του άστραψε η πονηριά. «Θα γίνουμε ένα.»

«Το ξέρω από τώρα ότι θα διασκεδάσω πολύ να χορέψω μαζί σου.» Του χαμογέλασε. «Δεν διαμαρτύρεσαι όταν σου πατούν το πόδι.»

Έβαλε το χέρι της στον αγκώνα του. «Ίσως και να επεξεργάζομαι την εκδίκησή μου. Η Ινές έχει τανγκό στο πρόγραμμα για σήμερα. Αυτό θα ήταν ιδανικό.»

«Για ένα πάτημα από πίσω;»

«Για ένα πάτημα από πίσω.»

«Εδώ θα σε απογοητεύσω. Αυτές τις περίπλοκες χορευτικές φιγούρες δεν τις έχουμε μάθει ακόμα.»

«Το να πατάς τα πόδια του άλλου δεν είναι καθόλου περίπλοκο.»

Ο πρώτος χορός όμως ήταν ένα αργό βαλς. Ο Χίννερκ είχε ένα απαλό πιάσιμο ακριβώς στην ωμοπλάτη της. Μετά από δύο λεπτά κατάλαβε τα χορευτικά του μηνύματά και χαλάρωσε. «Το ήξερα ότι θα είναι διασκεδαστικό.»

Χαμογέλασε και την οδήγησε σε μια κίνηση προς τα πλάγια. «Για αρχάρια χορεύεις αρκετά καλά. Προικισμένη.»

«Γιατί είπε η Ινές ότι είσαι αναπληρωματικός;»

Ο Χίννερκ σήκωσε τους ώμους του. «Ίσως γιατί εμφανίζομαι όποτε έχω χρόνο; Όταν είμαι στο Βερολίνο.»

«Δε μένεις εδώ;»

«Σπουδάζω κιόλας εδώ. Αλλά εργάζομαι συχνά στο εξωτερικό.»

«Και τα καταφέρνεις;»

«Θα έλεγα ότι είναι ευτύχημα. Συλλέγω εμπειρίες πάνω στον τομέα σπουδών μου και ίσως μια ευκαιρία καριέρας για αργότερα.» Χαμογέλασε πονηρά. Πως και του πέρασε από το μυαλό ότι δεν τον είχε πιστέψει; «Ήμουν πράγματι στη Σιγκαπούρη στις διακοπές των Χριστουγέννων. Γεωλογικές έρευνες για την κατασκευή ενός νέου αεροδρομίου.»

Στο τέλος του αργού βαλς η Ινές έκανε ένα συνομοτικό νεύμα στη Μαντελίν. Ας ελπίσουμε ότι δε θα πρόφταινε τα καυτά αυτά νέα στον παππού πάλι.

Κατά τη διάρκεια της υπόλοιπης ώρας χορού ο Χίννερκ τη διασκέδασε με ανέκδοτα από τις αποστολές του στο εξωτερικό.

Εντελώς αντίθετα από τον Ρόμπερτ του ήταν αδιάφορο σε ποιο φως εμφανιζόταν καλύτερος. Δεν είχε κανένα πρόβλημα να παραδέχεται τα λάθη του. Φυσικά ήταν σαφώς μαθητευόμενος, ενώ ο Ρόμπερτ είχε ολοκληρώσει την εκπαίδευσή του και είχε μια σωστή διοικητική θέση.

Ο Χίννερκ της ήταν όλο και πιο συμπαθής και στο τέλος έψαχνε για ένα τέχνασμα να συνεχίσει να χορεύει μαζί του.

«Στην τελική δεν καταλαβαίνω γιατί χορεύεις μόνο ως αναπληρωματικός. Το κάνεις τόσο καλά.» Ίσως και να βοηθούσε λίγη κολακεία στην περίσταση. «Μήπως λόγω των πολλών υποχρεώσεών σου στο εξωτερικό σου λείπει μια σταθερή ντάμα;»

Γέλασε κοροϊδευτικά. «Γιατί, προσφέρεσαι;» Εκείνη κοκκίνησε κι εκείνος συνέχισε να την κοιτά περιπαιχτικά. «Δεν χρειάζεται να ντρέπεσαι που ρώτησες.» Η ματιά του έλαμψε. «Εσύ ίσως θα ήσουν αρκετά καλός λόγος για να κάνω κάτι μόνιμο.»

«Ναι;» Όλη η προσδοκία που ένιωθε και της είχε προκαλέσει ακινησία συγκεντρώθηκε στο βλέμμα της.

Της χτύπησε με το δάχτυλο τη μύτη. «Υπάρχουν όμως δύο πράγματα που λειτουργούν αντίθετα σ' αυτό. Πρώτον, το ότι έχεις παρτενέρ.»

Εκείνη στράβωσε τα μούτρα της.

«Μάλιστα!» Για μια στιγμή την κοίταξε σκεπτικός. «Δεύτερον αυτοί οι κοινωνικοί χοροί δεν με κάνουν να θέλω να σηκωθώ από τον καναπέ. Μου είναι πολύ... πολύ...» Σήκωσε τους ώμους.

«Και για ποιο λόγο έρχεσαι;»

«Ίσως γιατί είμαι ευγενής ως άνθρωπος;» Χαμογέλασε με θράσος.

«Με κοροϊδεύεις!» Του πάτησε το πόδι.

«Αυτό το έκανες επίτηδες, Μαντελίν. Δεν είναι ευγενικό εκ μέρους σου.»

«Ίσως γιατί εγώ δεν είμαι ευγενής ως άνθρωπος.» Αναστέναξε. «Είσαι μέλος της λέσχης· αυτό συμβαίνει για κάποιο λόγο. Για ποιο λόγο αν δε σου αρέσει εδώ;»

«Γιατί ο όμιλος εντελώς από το πουθενά αποφάσισε να δημιουργήσει μια ομάδα Square Dance. Αυτό είναι κάτι διασκεδαστικό!»

Η Μαντελίν τον κοίταξε με δυσπιστία. «Και; Που είναι η διαφορά;»

«Δεν ξέρω. Οι άνθρωποι ίσως; Η μουσική;» Ξανασήκωσε του ώμους του. «Ρίξτης μια ματιά.»

Γιατί το ζητούσε αυτό; «Δεν έχω χρόνο για άλλα δρομολόγια.»

«Χορεύουμε και τις Παρασκευές.»

Της ήρθε μια αναλαμπή. «Γι' αυτό ήσουν εδώ την τελευταία φορά;»

Έγνεψε καταφατικά. «Αλλάζουμε, πότε Τρίτες και πότε Παρασκευές. Εξαρτάται από τις βάρδιες του Κρις.» Ο Κρις – ο υπέροχος άνδρας, τον οποίο είχε μαγέψει. Τώρα αποκτούσε ενδιαφέρον το θέμα.

«Και ο πολύς κόσμος στο μπαρ;»

«Χρειαζόμαστε πολλά άτομα, αλλιώς δεν μπορούμε να χορέψουμε. Έμεινε για μια στιγμή ακίνητος και την κοίταξε με απορία. «Μα καλά, ξέρεις τι είναι ο Square Dance;»

«Γιατί υπάρχει κάποιος που δεν το ξέρει; Τη δείχνει σε όλα τα γουέστερν.»

Την κοίταξε με καχυποψία, αλλά μετά φάνηκε ικανοποιημένος από την απάντησή της. Θα δεχόταν; Μπορεί να σχημάτιζε τη λάθος εντύπωση. Όταν οι χορευτές Square Dance θα ξαναχόρευαν Παρασκευή, θα τους παρακολουθούσε απλώς.

4

Την επόμενη Παρασκευή πήρε τηλέφωνο την Ινές και ρώτησε μήπως είχε ενημερώσει πάλι ο Ρόμπερτ ότι δεν θα έρθει και αν θα είχε τον Χίννερκ για παρτενέρ. Η Ινές το βρήκε περίεργο, αλλά αυτό της ήταν αδιάφορο.

«Λυπάμαι · θα έρθει», ακούστηκε. Η Ινές γέλασε σιγανά. «Το λέω εντελώς σοβαρά, γιατί το έχω ήδη καταλάβει, ότι δεν τα πας καλά με τον Ρόμπερτ. – Γιατί δεν του λες ότι δεν θέλεις να χορεύεις μαζί του;»

«Γιατί τότε δεν θα είχε ντάμα.»

«Και θα πρέπει να ψάξει άλλη λέσχη; Μαντελίν, μην αφήσεις να γίνει αυτό δικό σου πρόβλημα.»

Αναστέναξε. «Ευχαρίστως θα ήθελα να μάθω κι εγώ περισσότερα. Γι' αυτό δεν θέλω να τον... πληγώσω.»

«Δεν μπορείς να κάνεις και αλλιώς. Αργά ή γρήγορα. Ίσως να πρέπει να ξεμπερδεύεις μ' αυτό;»

Αυτό τώρα της γινόταν πολύ προσωπικό, άλλαξε γρήγορα το θέμα. «Λοιπόν, ο Χίννερκ δεν θα είναι εκεί απόψε το βράδυ.»

«Όχι σε μας!» Η Ινές ακούστηκε ξαφνικά κάπως καυστική · δεν εκτιμούσε τον Χίννερκ; Αλλά ίσως και να εκτιμούσε μόνο την ετοιμότητά του ως αντικαταστάτη. Οι ενήλικες σκέφτονταν μάλλον υπερβολικά περίπλοκα.

Η Μαντελίν στάθηκε με δύο φούστες μπροστά στον καθρέφτη. «Όχι σε μας», αυτό σήμαινε ότι ο Χίννερκ θα ήταν εκεί αφού θα τελείωνε τα ερασιτεχνικά μαθήματα. Διάλεξε μια μεταξωτή φούστα, που ταλαντευόταν πολύ και της έφτανε πάνω από το γόνατο.

Καθώς σχεδίαζε τα χείλη της στο μπάνιο με ένα μολύβι περιγράμματος, ανέβηκε πάνω η Κονστάνζε και στάθηκε κατάπληκτη στο πλαίσιο της πόρτας. «Μου φαίνεται ότι απόψε έχεις σκοπό να τραβήξεις για τη μάχη.» Ψευτογέλασε. «Χρειάζεται να σου δώσω κάτι από το πολεμικό μου μακιγιάζ; Έχω ένα αϊλάινερ που ταιριάζει με τη φούστα.»

Πήγε στο ντουλαπάκι του καθρέφτη και έψαξε το αϊλάινερ, χωρίς να προσέξει την απάντηση που τραύλισε η Μαντελίν. Μετά κάθισε στο σκαμπό και την τράβηξε ανάμεσα στα πόδια της. «Μάτια κλειστά!» Το πινέλο έγραψε καταμήκος της γραμμής των βλεφαρίδων. «Μάτια ανοιχτά!» Η Κονστάνζε περιέγραψε το κάτω μέρος των ματιών. Ύστερα έγνεψε ικανοποιημένη. «Έτσι θα γυρίζουν όλοι προς το μέρος σου. Δεν θα μπορείς να σωθείς από τους παρτενέρ.»

«Μα, Maman! Δεν ξέρεις, ότι εκεί έχουμε σταθερό παρτενέρ;»

«Πως! Αλλά ξέρω επίσης ότι θα ευχαρίστως θα είχες κάποιον άλλον για παρτενέρ.» Καθάρισε ξανά το αϊλάινερ. «Αν δεν σου κάνει κέφι, τότε μπορείς πραγματικά να το αφήσεις. Στη ντίσκο θα έχεις την ίδια ακριβώς "σωματική άσκηση".»

«Αν σε άκουγε τώρα ο παππούς, ...»

«... τότε θα πάθαινε καρδιακή προσβολή. Μα δεν το άκουσε. Το ότι αυτός ο Ρόμπερτ δε σου αρέσει, είναι ένα καλό επιχείρημα να σταματήσεις.»

Η Μαντελίν την αγκάλιασε. «Ευχαριστώ, που στέκεσαι στο πλευρό μου.»

«Γι' αυτό υπάρχουν οι μανούλες!» Μια καθησυχαστική σκέψη. Η Κονστάνζε θα έβρισκε μια ιδέα πως θα μπορούσε για άλλη μια φορά να ξεφύγει, χωρίς να αρρωστήσει και πολύ τον παππού.

Οι χορευτές των ερασιτεχνικών μαθημάτων είχαν συγκεντρωθεί πλήρως · ξανά στεκόταν ο Ρόμπερτ με μια μπύρα στο χέρι στο μπαρ. Θυμός πλημμύρισε αμέσως την Μαντελίν. Ήταν τόσο ηλίθιος ή αγνοούσε συνειδητά, ότι το έβρισκε αηδιαστικό να χορεύει με μια μυρωδιά μπύρας;

Της έτεινε το ελεύθερο χέρι. «Απόψε είσαι πιο όμορφη από ποτέ. Είναι να μην το πιστεύεις.» Την τράβηξε πιο κοντά του, παρόλο που εκείνη τσιτώθηκε εμφανώς.

Αδαής! «Πως έτσι;» Φόρεσε ένα γλυκό σα ζάχαρη χαμόγελο και στερεώθηκε σε ένα σκαμπό του μπαρ. «Δεν φαίνομαι σαν ο εαυτός μου σήμερα; Εσύ όμως με αναγνώρισες!»

«Εσένα θα σε αναγνώριζα παντού και με κάθε μεταμφίεση.» Σούφρωσε τα χείλη του. Πως μπορούσε ένας ενήλικος άνδρας να συμπεριφέρεται σα γυμνασιόπαιδο! Μα φυσικά – Τα εικοσι-φεύγα δεν ήταν ενήλικα, όταν αφορούσε σε έναν άνδρα.

Από τον Χίννερκ κανένα ίχνος · αλλά ήταν ακόμη πολύ νωρίς για τους χορευτές του Square Dance. Κι αν δεν χόρευαν κα-θόλου σήμερα;

«Μάργκα, γιατί δεν έχουν οι χορευτές Square Dance συγκε-κριμένες ώρες; Αφού αυτό δυσκολεύει τον προγραμματισμό των χώρων.»

«Έχουν δύο σταθερές ώρες · μόνο που δεν τις κρατούν κάθε φορά σαν γκρουπ. Συχνά έρχονται μόνο μεμονωμένα ζευγάρια για μια ελεύθερη προπόνηση.»

«Και γιατί αυτό;»

«Γι' αυτό!» Η Μάργκα έδειξε προς την πόρτα και η Μαντε-λίν γύρισε.

Ένας πυροσβέστης μπήκε στο χώρο.

«Τι...;» Ο Κρις – ο άνδρας που η Μάργκα χαρακτήρισε ως Caller. Αφού το έψαξε στην Wikipedia, ήξερε ότι αυτός ήταν ένα είδος προπονητή για τα γκρουπ του Square Dance. «Τι κάνει αυτός στην πυροσβεστική;» Είχε ίχνη καπνιάς στο πρόσω-πο και φαινόταν εξαντλημένος.

«Παραϊατρική υπηρεσία. Ο Κρις δεν μπορεί πάντα να βάζει τις βάρδιές του έτσι ώστε να μπορεί να προπονεί τα γκρουπ.

Και ενίοτε ακυρώνει από τη μια στιγμή στην άλλη, γιατί δεν μπορεί να ξεφύγει.»

«Γιατί κάπου υπάρχει φωτιά.»

Ο Κρις παρατήρησε τη ματιά της Μαντελίν και ανταπέδωσε σ'αυτήν ένα ψυχαγωγημένο χαμόγελο. Τι τον διασκέδαζε; Στα καστανά του μάτια χόρευε ένα φως, που τους χάριζε χρυσές αντανακλάσεις.

Ακούμπησε με λυγισμένους τους αγκώνες στο μπαρ. «Θα μου ξεκλειδώσεις το ντους, Μάργκα; Δεν θα ήθελα να αφήσω σε όλους τα ίχνη μου.»

Η Μάργκα άπλωσε το χέρι για να πιάσει το κλειδί κάτω από τη μπάρα.

«Θα το κάνω εγώ.» Η Μαντελίν άρπαξε την ευκαιρία. «Αρκετά έχεις να κάνεις εδώ.»

«Είσαι καινούργια! Ξέρεις τα κατατόπια;»

Η Μαντελίν άνοιξε το στόμα για μια αυθάδη απάντηση · ο Ρόμπερτ γρύλισε εκνευρισμένος. Έγνεψε καταφατικά, η ματιά της στον Κρις. Σίγουρα δεν το εννοούσε με αγένεια.

Κάπως περίπλοκα κατέβηκε από το σκαμπό του μπαρ. Ασφαλώς δεν μπορούσε να τη βοηθήσει · αλλά ο Ρόμπερτ το μόνο που χρειαζόταν να κάνει ήταν να της απλώσει ένα χέρι. Κατά τα άλλα τη χούφτωνε συνεχώς.

Περπατούσε κατά μήκος του διαδρόμου δίπλα στον Κρις. «Ήταν άσχημα;» Ο Ρόμπερτ θα έπρεπε στα σίγουρα να εκνευριζόταν, που συζητούσε μαζί του.

«Η φωτιά;» Το φως εξαφανίστηκε από τα μάτια του. «Ένα παιδί. Αλλά θα επιζήσει.»

«Τι κάνεις εκεί; Πρώτες βοήθειες;»

«Αυτό επίσης.» Έδειξε μια από τις πόρτες. «Θα πάω σε αυτό.»

Αφού εκείνος εξαφανίστηκε μέσα στο ντους, εκείνη έμεινε για μια στιγμή να στέκεται αναποφάσιστη. Ευχαρίστως θα συζητούσε κι άλλο. Τραυματιοφορέας στην πυροσβεστική στην πυρόσβεση · αυτό ήταν σίγουρα συναρπαστικό. Μέχρι τώρα είχε σκεφτεί μόνο τα ασθενοφόρα και τους γιατρούς των Πρώτων βοηθειών. Σίγουρα ήταν και στην υπηρεσία ασθενοφόρων.

Ο Ρόμπερτ είχε μια νέα μπύρα μπροστά του.

«Θέλεις να την πιεις τώρα;» Κοίταξε το ρολόι. «Αρχίζουμε αμέσως.»

«Μα αφού δεν ήσουν εκεί!», φύσηξε με λύσσα .

«Τι νόμιζες, πόση ώρα χρειάζεται για να ξεκλειδώσεις ένα ντουζ;»

Τον άφησε σύξυλο και πήγε στην αίθουσα χορού. Ο Βέρνερ Χάινεμανν, ο ταμίας, ήταν μόνος εκείνο το βράδυ και ευχαρίστως πρόθυμος να χορέψει μαζί της. Μόλις όμως ακούστηκαν τα πρώτα μέτρα της μουσικής, ο Ρόμπερτ όρμηξε πάνω της. Χωρίς να ρωτήσει, την τράβηξε μακριά. Από την έκπληξη ο Βέρνερ ξέχασε ακόμα και να διαμαρτυρηθεί.

«Ρόμπερτ!» Η κοφτερή φωνή της Ινές ακούστηκε πάνω από τη μουσική.

«Το έχω πιάσει», της απάντησε το ίδιο δυνατά. Πράγματι. Αλλά αυτό θα ήταν το τελευταίο βράδυ που θα χόρευε μαζί του.

Όταν για δεύτερη φορά του πάτησε το πόδι, έμεινε ακίνητος. «Αν συνεχίσεις έτσι, δεν θα γίνεις ποτέ καλή χορεύτρια!»

Τον άφησε. «Δεν μπορώ να συγκεντρωθώ όταν μου φυσάς συνεχώς τη μπυροαναπνοή σου στο πρόσωπο.»

«Εγώ πάντως θέλω να τον μάθω.» Η φλέβα στο μέτωπο του Ρόμπερτ άρχισε να χτυπά· την άρπαξε πιο σφιχτά. «Έλα δω!»

«Τότε ψάξε να βρεις μια ντάμα που να ανταποκρίνεται στις απαιτήσεις σου.» Αλλά δεν έπρεπε να του ξαναπατήσει επίτηδες το πόδι· ανίκανη δεν ήθελε να φανεί ποτέ ξανά.

Αμέσως μετά αφοσιώθηκε στο χαμόγελο του Χίννερκ, που έφτασε μέχρι εκείνους στη αίθουσα και έτσι τον πάτησε για άλλη μια φορά. Το βουητό των φωνών στο μπαρ δυνάμωσε· τότε έκλεισε την πόρτα η Ινές. Η Μαντελίν συγκεντρώθηκε και έφερε εις πέρας το υπόλοιπο ερασιτεχνικό μάθημα χωρίς άλλα περιστατικά.

Περίμενε μέχρι να φύγουν όλοι από την αίθουσα. «Ρόμπερτ, ίσως θα έπρεπε να ψάξεις μια άλλη ντάμα.»

«Μα, Μαντελίν! Ο παππούς σου...»

«... δεν είναι αναγκασμένος να χορεύει μαζί σου. Έχω κουραστεί από το ότι με καταδιώκεις. ΕΓΩ ΔΕΝ ΘΕΛΩ.»

Ο Ρόμπερτ έμεινε με τα μάτια του καρφωμένα πάνω της. Στο πρόσωπό του εναλλάσονταν η έκπληξη με την απογοήτευση, η απογοήτευση με το θυμό. «Αυτό θα μπορούσες να μου το είχες πει νωρίτερα.»

Τι θα έβγαζε από αυτό; Ας μην τον ρωτούσε καλύτερα · αυτή τη συζήτηση δεν τη χρειαζόταν.

Ήχησε ξανά το γέλιο του Χίννερκ, την καλούσε. Τέντωσε το λαιμό της. Η Τάνια Γουόλτερς στεκόταν δίπλα του. Μα από που είχε έρθει αυτή ξαφνικά · τώρα που είχε τελειώσει το ερασιτεχνικό μάθημα;

Ο Ρόμπερτ ακολούθησε τη ματιά της. Παρατήρησε εκτενώς το κορίτσι. «Τότε λοιπόν, ... Τότε μάλλον δεν θα ειδωθούμε την επόμενη Παρασκευή.»

«Λυπάμαι.» Αλλά αυτό δεν ήταν αλήθεια · το είχε πει χωρίς να το σκεφτεί.

Στην παρέα του Χίννερκ και της Τάνια είχε εισχωρήσει τώρα άλλη μια κυρία, εμφανώς μεγαλύτερη σε ηλικία, στα τέλη των τριάντα ίσως. Συζητούσαν με βάση τις κινήσεις τους για χορευτικά βήματα.

Η Τάνια κουνούσε μόλις με δύναμη το κεφάλι της, όταν κάποιος ήρθε από πίσω της και την έπιασε από τους ώμους. Γύρισε χαμογελώντας και τον χαιρέτησε με ένα φιλάκι. Ύστερα πήγε κοντά στη Μαντελίν.

«Που άφησες σήμερα τον αδερφό σου;», ρώτησε η Μαντελίν.

Η Τάνια ανασήκωσε τους ώμους. «Άρπαξε μια γερή γρίπη. Γι' αυτό και σήμερα μπόρεσα να παραλείψω το ερασιτεχνικό μάθημα. Συμμετείχα για χάρη του Άξελ, ούτως ή άλλως.»

«Και γιατί έρθει παρόλα αυτά;»

«Γι' αυτό.» Η Τάνια έδειξε προς τη μεγάλη αίθουσα.

Η Μαντελίν την κοίταξε άναυδη. «Μη μου πεις ότι κάνεις και Square Dance!»

«Ασφαλώς. Είναι πολύ πιο αστείο!»

«Αυτό το είπε και ο Χίννερκ.»

«Τι είπα εγώ; Έχετε κάτι να σχολιάσετε για μένα;» Ξαφνικά στεκόταν από πίσω τους.

Η Τάνια γέλασε και στηρίχτηκε στο ώμο του. Η Μάντελιν το πήρε σαν ζήλια.

«Η Τάνια είναι η ντάμα σου;»

«Όχι.» Γέλασε χαιρέκακα. «Έχει βρει κάποιον καλύτερο.» Έδειξε έναν εμφανίσιμο άνδρα, του οποίου τα μαλλιά ήταν πιο ξανθά από τα δικά του.

«Θα ήσουν το ίδιο καλός με τον Μίκυ, αν χόρευες τακτικά.» Η Τάνια χαμήλωσε τη φωνή της. «Και αν είχες μια πιο χαρισματική ντάμα.»

Ο Χίννερκ ανασήκωσε τους ώμους του. «Δεν γίνεται όμως αλλιώς. Και για όσο καιρό η Μπετίνα το αντέχει μαζί μου...»

Ο Κρις ήρθε καταμήκος του διαδρόμου περπατώντας ζωηρά. Τη στολή του την είχε ανταλλάξει με μπότες σε στυλ γουέστερν, με ένα στενά εφαρμοστό μαύρο τζιν και ένα κόκκινο πουκάμισο. Τα μαλλιά του λαμπύριζαν υγρά από το ντους και φορούσε ένα χαρούμενο χαμόγελο στο πρόσωπο. Τι άντρας!

Η ματιά του συναντήθηκε με κείνη της Μαντελίν και το χαμόγελό του βάθυνε.

Αργά ήρθε κοντά στο μπαρ, η ματιά στο πρόσωπό της. «Εξαιτίας μας παρέμεινες;» Πως του ήρθε τώρα αυτό;

Προτού προλάβει να το αρνηθεί, απάντησε ο Χίννερκ. «Εγώ πρότεινα στη Μαντελίν να μας παρακολουθήσει», είπε. «Γιατί δεν της αρέσουν καθόλου οι κοινωνικοί χοροί.»

«Να παρακολουθήσει;» Ο Κρις κρυφογέλασε. «Καλύτερα να το δοκιμάσεις αμέσως.»

Η Τάνια ζάρωσε το μέτωπο. «Εντούτοις...» Γύρισε και έκανε

νόημα στον παρτενέρ της. «Μίκυ, μου επιτρέπεις να σε δανείσω;»

«Σε καμία περίπτωση!» Κοίταξε γύρω του σαν να ψάχνει κάτι. «Με ποια πρέπει να σε απατήσω;»

Έπιασε αγκαζέ την Μαντελίν. «Η Μαντελίν είναι νέα στη λέσχη και δεν έχει ακόμα κατασταλάξει. Θα μπορούσαμε να την κερδίσουμε για το γκρουπ μας, αν κάνεις μια καλή εντύπωση.»

«Ωχ, αμάν.» Ο Μίκυ πήρε μια αμήχανη έκφραση. «Από όλους σε μένα διαλέγετε να αναθέσετε μια τόσο υπεύθυνη δουλειά;»

Η Μαντελίν άκουγε τη στιχομυθία με αυξανόμενη ευχαρίστηση. Έπειτα κούνησε παρόλα αυτά αρνητικά το κεφάλι της. «Για αρχή απλώς θα κοιτάξω. Αν και έχω μελετήσει, παρόλα αυτά δεν έχω τη σωστή ιδέα.» Η ματιά της πήγε στον Κρις. «Εργάζεσαι διαφορετικά με το γκρουπ από ότι άλλοι προπονητές χορού;»

«Ο Κρις δεν είναι προπονητής· είναι ο Caller μας.» Ο Μίκυ του έδωσε μερικές μπουνίτσες στα πλευρά. «Απαραίτητος. Πανούργος.»

«Πανούργος;» Το στόμα της Μαντελίν έμεινε ανοιχτό.

«Αυτά που επινοεί μερικές φορές είναι από τα άγραφα. Δεν μπορούν να τα κάνουν αυτά οι βέροι Αμερικάνοι.»

Ο Κρις γέλασε. «Δεν είμαι βέρος Αμερικάνος εγώ;»

«Δεν χρειάζεται να τα κάνεις εσύ ο ίδιος αυτά που απαιτείς από μας.»

«Ας αρχίσουμε, πριν πιάσει πάλι κάπου καμιά φωτιά.» Ο Κρις τους υπέδειξε την αίθουσα. «Είμαι σε επιφυλακή.»

Η Μαντελίν κάθισε σε ένα σκαμπό του μπαρ για να παρακολουθήσει.

Οι χορευτές παρατάχθηκαν σε δύο τετράγωνα. Ο Κρις της έριξε μια ματιά· το χαμόγελό του έγινε προκλητικό καθώς της έκανε νόημα. Κοκκίνησε και γύρισε γρήγορα στη Μάργκα.

«Δεν χρειάζεται να ξεσκιστώ στο διάβασμα αύριο. Δώσε μου παρακαλώ ένα Prosecco.»

«Τι συμβαίνει με σένα;»

Χαμογέλασε. «Απόψε γιορτάζω την απελευθέρωση από τον Ρόμπερτ. Ελπίζω ότι θα βρει την επόμενη ντάμα σε μια άλλη λέσχη.»

«Δεν είναι κακό παιδί, Μαντελίν. Απλώς λίγο μόνος.»

«Δε με εκπλήσει αυτό.» Όταν άκουσε τη φωνή του Κρις, έριξε ξανά μια ματιά στην αίθουσα χορού. Τώρα μιλούσε αγγλικά και είχε έναν τόνο στη φωνή του που ακουγόταν απότομος και αποφασιστικός. «Ακούγεται σαν την Ινές στο τετράγωνο. Πρέπει να τους δίνει το πρόσταγμα για κάθε βήμα;»

Η Μάργκα γέλασε. «Τι νομίζεις, διαφορετικά θα υπήρχε ανακατωσούρα.» Κρυφογέλασε. «Ανακατωσούρα είναι έτσι κι αλλιώς.»

Ο Κρις έδινε εντολές. Οι χορευτές κινούνταν σε κύκλο, οι γυναίκες με τη φορά του ρολογιού, οι άνδρες αριστερόστροφα · περνώντας ο ένας δίπλα από τον άλλο έδιναν τα χέρια. Μετά γινόταν περίπλοκο · συναντιόνταν κάπως στο κέντρο του Square και ξαφνικά ο καθένας είχε μια άλλη θέση.

«Τσιγκολελέτα για ενήλικες. Υπάρχουν αλήθεια τουρνουά για χορευτές Square Dance;»

«Δεν μπορείς να το συγκρίνεις. Είναι περισσότερο κάτι σαν... οικογενειακή συνάντηση. Ή κάτι τέτοιο.»

Η Μαντελίν χαχάνισε. «Τυπικά αμερικάνικο λοιπόν.» Στράφηκε εντελώς προς την αίθουσα χορού. Ξανά συναντήθηκε η ματιά της με αυτή του Κρις και εκείνη απλώς του σήκωσε το ποτήρι στην υγειά του. Αλλά αντί να τη βοηθήσει αυτό να ξεπεράσει την αμηχανία της, αισθάνθηκε ακόμα πιο εκφοβισμένη από το έντονο βλέμμα του. Κατά κάποιον τρόπο είχε μικρή ομοιότητα με τους Αμερικάνους, που είχε δει ως παιδί στο Zehlendorf. Ούτε κούρεμα σκαντζόχοιρου, ούτε τσίχλα στο στόμα. Αλλά ίσως και να είχαν αλλάξει οι Αμερικάνοι από τότε που δεν ήταν πλέον κατοχική δύναμη, όπως τους αποκαλούσε πάντα η γιαγιά.

Πλησίασε ένα ζευγάρι και πήρε τη θέση του άνδρα. Η χορεύτρια γέλασε όταν την έκλεισε με μια περιστροφή στα χέρια του. Ακόμα και από αυτήν την απόσταση ήταν φανερό ότι ο Κρις σφιγγόταν, σαν να είχε έρθει εκείνη με την κίνηση υπερβολικά κοντά του. Άραγε οι γυναίκες του γκρουπ δεν έτρεχαν από πίσω του; Ένας άνδρας με τέτοια εμφάνιση δεν θα άφηνε την ευκαιρία να πάει χαμένη.

Ύστερα άνοιξε ο Κρις τη μουσική · ακουγόταν απροσδόκητα μοντέρνα. Οι χορευτές κινήθηκαν στο ρυθμό της μουσικής προς τις θέσεις τους · εκείνος πήρε ένα μικρόφωνο στο χέρι. «*And bow to the partner... join and circle to the left, circle to the right and promenade...*» Οι Calls εναρμονίζονταν όλο και περισσότερο με τη μελωδία – και μετά έφτασε να την τραγουδά.

Η Μαντελίν τον ατένιζε με ανοιχτό το στόμα. Η φωνή του ήταν γεμάτη και βαθιά και τόσο σεξουαλική, που της έκοβε την ανάσα.

Όταν το βλέμμα της συνάντησε ξανά το δικό της, εκείνος γέλασε. Της γέλασε και με μια κίνηση του χεριού τη δελέασε να έρθει πιο κοντά. Το χαμόγελό του έφτασε στα μάτια του και έγλυψε το πάνω χείλος του · μια αργή, αισθησιακή κίνηση. Τι είδους σκέψεις ήταν αυτές που σιγοπερπατούσαν στο κεφάλι της; Έτσι δεν την είχε κοιτάξει ποτέ κανένας.

Την έλκυε · γλίστρησε από το σκαμπό του μπαρ και πήγε στην πόρτα της αίθουσας.

Ο Κρις συνέχισε να τραγουδά · οι χορευτές επέστρεψαν στις αρχικές τους ντάμες και τις έκαναν μία στροφή. Παρατηρούσε το σύνολο, μέχρι που η κίνηση έφτασε στο τέλος της και όλοι στέκονταν ξανά στη θέση τους.

Έπειτα χαμήλωσε τη μουσική. «Έχω μια νέα ακολουθία... Μια ντάμα για επίδειξη...» Το βλέμμα του πήγαινε από τη μία στην άλλη, μετά γύρισε στο πλάι. Τα μάτια του άστραψαν κατεργάρικα, όταν έφτασαν στην Μαντελίν. «Αφού αυτό δεν το ξέρει ακόμα κανείς, δεν χρειάζεται να ανησυχείς.»

Ορθώσε ακούσια το ανάστημά της. «Γιατί χρειάζεται να φοβάμαι;» Έκανε όμως μισό βήμα πίσω, όταν εκείνος της έτεινε το χέρι. Αν δεν ήθελε να γίνει περίγελος, έπρεπε να το ακολουθήσει.

«Εγώ ήθελα μόνο να παρακολουθήσω», του ψιθύρισε στο αυτί. Η μυρωδιά του σαμπουάν του της ανέβηκε στη μύτη.

Ο Κρις χάιδεψε με τον αντίχειρά του το πίσω μέρος του χεριού της και το στόμα της στέγνωσε. «Δεν είναι δύσκολο», της αποκρίθηκε ψιθυριστά.

Η Μαντελίν συγκεντρώθηκε στα πόδια της, καθώς εκείνος ανήγγειλε την ακολουθία των βημάτων και παράλληλα την έθετε σε κίνηση. Το αριστερό του χέρι ακουμπούσε στο γοφό της και την κατεύθυνε με μια απαλή πίεση. Κοιτούσε επίμονα κάτω.

Αφού πρόβαρε τη σύντομη ακολουθία αργά μαζί της δύο φορές, δυνάμωσε τη μουσική και χόρεψε μαζί της την κίνηση. Όχι μόνο είχε περισσότερη δυναμική · αλλά με την περιστροφή την τράβηξε ακόμα περισσότερο κοντά του. Όταν την είχε στην αγκαλιά του, την κράτησε για μια στιγμή σφιχτά. Η αναπνοή του χάιδεψε το πρόσωπό της και εκείνη αισθάνθηκε κάθε μυ των μηρών του.

Με το Ρόμπερτ θα είχε ήδη αρχίσει να αρπάζεται. Πριν ακόμα να έρθει τόσο κοντά της. Αυτό όμως δεν το αισθανόταν σαν να θέλει να της γίνει φόρτωμα. Κοίταξε τον Κρις απευθείας στα μάτια. Οι ρυτίδες γέλιου του βάθυναν όταν το παρατήρησε. Πόσο χρονών να ήταν άραγε;

Έσκυψε στο αυτί της. «Καλά το κάνεις!»

Η Μαντελίν γέλασε νευρική. «Θα ήταν ακόμα πιο ωραία, αν με είχες αφήσει να ρεζιλευτώ τώρα.»

Έγνεψε. «Τότε θα ήμουν ένας κακός δάσκαλος.» Στάθηκε και την άφησε, για να απευθυνθεί στους χορευτές του Square Dance. «Οκέι;» Άρπαξε το μικρόφωνο · μετά κοίταξε προς την Μαντελίν με το μέτωπο συνοφρυωμένο. «Τάνια, θα δανείσεις για δέκα λεπτά τον παρτενέρ σου στην Μαντελίν;»

Η Τάνια γέλασε. «Αυτό το είχα προβλέψει.» Βγήκε από το Square και πήγε προς την Μαντελίν. «Μην είσαι δειλή.»

Η Μαντελίν τέντωσε το κεφάλι της. «Είπα ήδη...»

Η Τάνια τη διέκοψε με ένα γέλιο. «Όπως έστρωσες, θα κοιμηθείς.»

Ο Κρις συνοφρυώθηκε με δυσπιστία. «Τι πάει να πει αυτό;»

«Ένα παλιό ρητό. Από τη λίθινη εποχή ή κάτι τέτοιο.» Η Μαντελίν σήκωσε το πηγούνι της ακόμα ψηλότερα και στάθηκε δίπλα στον Μίκυ. «Τουλάχιστον δε ρισκάρεις να σε πατήσουν, αν συμμετέχεις σε αυτήν την ανταλλαγή.»

«Αυτό δείχνει σαφώς ότι ο Square Dance χαίρει προτιμήσεως· δε νομίζεις;» Ο Μίκυ την άρπαξε και ο Κρις άρχισε τις Calls. Προς τρόμο της Μαντελίν όμως εκείνος δεν άρχισε με αυτό, στο οποίο μόλις είχε εξασκηθεί μαζί της. Δίστασε, αλλά ο Μίκυ την ωθούσε προς την κατεύθυνση που έπρεπε να ακολουθήσει.

Πάλι συνάντησε η ματιά της τον Κρις. Την κοίταξε προκλητικά. Σίγουρα δε θα τσιμπούσε· τι σκεφτόταν εκείνη τη στιγμή;

Λίγο αργότερα κάτι ψιθύρισε με την Τάνια, το βλέμμα καρφωμένο αδιάκοπα στην Μαντελίν. Το βλέμμα της Τάνια γινόταν όλο και πιο θριαμβευτικό.

«Από δω δεν φεύγεις πια, Μαντελίν.» Ακόμα και ο Μίκυ γελούσε τώρα χαιρέκακα. «Κάτι θα σκαρώσει η Τάνια.» Αντάλλαξε μια συνωμοτική ματιά με τον Χίννερκ, τη στιγμή ακριβώς που οι δύο άνδρες έδιναν τα χέρια. Όταν η Μαντελίν κρυφοκοίταξε το ρολόι πάνω στο μπαρ, είχαν περάσει πολύ περισσότερα από δέκα λεπτά που ακολουθούσε τα βήματα του Μίκυ. Και δεν το αισθάνθηκε. Ο χρόνος πέρασε σε μια στιγμή.

Ο Κρις έπαιξε ένα πιο γρήγορο κομμάτι. Ύστερα σταμάτησε το CD και ήρθε κοντά της. «Θέλεις να συνεχίσεις μέχρι το τέλος της ώρας;»

Το γεγονός και μόνο ότι τη ρωτούσε της προκαλούσε έκπληξη. Έψαχνε για ένα σημάδι από την Τάνια και όταν το κορίτσι της έγνεψε καταφατικά, συμφώνησε. Ο Χίννερκ έκανε μια παντομίμα χειροκροτήματος· φυσικά. Γέλασε απερίσκεπτα, προτού να αφήσει τον Μίκυ να της εξηγήσει, τι περίμενε τώρα από κείνη.

Αυτός ο χορός είχε πολλές περιστροφές και το Square έφτασε σε ένα νέο αποκορύφωμα παιδιαρίσματος και γέλιου. Ο Κρις στεκόταν ψευτογελώντας μπροστά από το στερεοφωνικό και τραγουδούσε τις Calls.

Η Μάντελιν κοίταξε λάμποντας τον παρτενέρ της· έπειτα τον Χίννερκ και στον τέλος και τον Κρις. Απίστευτο το ότι ο παππούς είχε ένα τέτοιο γκρουπ στη λέσχη του. Δεν του ταίριαζε καθόλου.

Μετά την προπόνηση στέκονταν όλοι στο μπαρ και η Μάργκα έβαλε στον πάγκο δύο μπουκάλια Prosecco, ένα Beaujolais Primer και ένα αλσατικό Edelzwicker.

«Αυτός ο γύρος δικός μου», είπε ένας άνδρας, ο οποίος πρέπει να ήταν στην ηλικία του Κρις. Έτεινε το χέρι του στην Μαντελίν. «Είμαι ο Νόρμπερτ Καμίνσκι. Θα είσαι μαζί μας τώρα;»

«Να.» Η ζέστη ανέβηκε στο πρόσωπο της Μαντελίν. «Είμαι στα ερασιτεχνικά μαθήματα και απλώς ήμουν περίεργη. Μάλλον θα σταματήσω εντελώς με το χορό.»

Ο Κρις κοίταξε προς το μέρος τους. «Και γιατί αυτό;»

«Έλλειψη χρόνου.» Η Μαντελίν ανασήκωσε τους ώμους της. «Χρειάζομαι ένα απολυτήριο με άριστα.»

Ο Νόρμπερτ χαμογέλασε. «Δεν είναι υγιές να κάθεσαι όλη μέρα πίσω από ένα θρανίο ή ένα γραφείο. Αφού *ξέρεις* ,*Mens sana...*»

Η Μαντελίν χαχάνισε. «Τώρα ξεσκεπάστηκες. Είσαι δάσκαλος!»

Το ηχηρό γέλιο των παρευρισκόμενων και το κοκκίνισμα της φωτιάς στο πρόσωπο του Νόρμπερτ επιβεβαίωναν ότι είχε πετύχει διάνα.

Ο Χίννερκ εμφανίστηκε πίσω από την Μαντελίν και της έτεινε ένα ποτήρι Prosecco. «Έχω δει ότι πίνεις συνεχώς αυτό το ανθρακούχο νερό.» Το δεύτερο ποτήρι του, με ένα κόκκινο κρασί, το έδωσε στον Νόρμπερτ, ο οποίος εξαιτίας αυτού συνοφρυώθηκε.

«Ήμουν πιο γρήγορος.» Ο Χίννερκ του ψευτογέλασε.

«Σήμερα ήταν η σειρά μου.» Ο Νόρμπερτ κοίταξε με ακόμα πιο αγριεμένο ύφος.

Ο Χίννερκ τον χτύπησε στον ώμο. «Σιγά! Κράτα καλύτερα τα λεφτά σου· αλλιώς θα έχεις πάλι μπελάδες με την πρώην σου.»

«Θέλετε να διαπληκτιστείτε τώρα, ποιος από τους δυο σας είναι πιο κατεστραμένος;» Η Τάνια ήπιε μια γερή γουλιά από το αλσατικό Edelzwicker της. «Εμένα δε με φτάνετε με τίποτα.»

«Τότε θα πρέπει να σου δώσουμε ένα επιπλέον.» Το περίτεχνα χτενισμένο κορίτσι, που χόρευε με τον Νόρμπερτ, έσπρωξε την Τάνια στο πλάι. «Ή θα σου δώσω εγώ από τα φιλοδωρήματα που βγάζω.»

Παρά την υπερβολική της κόμμωση το κορίτσι άρεσε στην Μαντελίν με την πρώτη. Ξαφνικά συνειδητοποίησε πόσοι πολλοί από το γκρουπ της φάνηκαν συμπαθητικοί από την πρώτη στιγμή. «Εργάζεσαι σε εστιατόριο;»

Το κορίτσι έσφιξε τα χείλη· για μια στιγμή φάνηκε φαρμακωμένη. «Όχι!» Ξανά η φαρμακωμένη έκφραση. «Μαθαίνω κομμωτική.»

«Ω, γι' αυτό έχεις τόσο ωραίο χτένισμα!»

«Αυτό είναι και το μόνο που αποκομεί η Καρόλα από αυτήν την πρακτική άσκηση!» Η έκφραση του Νόρμπερτ καθρέφτισε τις σκέψεις της Καρόλα Μάασενς.

«Τότε γιατί την κάνεις;» Η Μαντελίν κοκκίνησε με την ερώτηση· ας ελπίσουμε ότι δεν θα της ήταν πολύ αδιάκριτη. Αλλά η Καρόλα ανασήκωσε απλώς τους ώμους. Οκέι, κανένα θέμα εδώ.

Η Καρόλα στράφηκε στον Κρις και αμέσως εξαφανίστηκε η

άσχημη διάθεση από τη στάση και το πρόσωπό της. Τα μάτια της άστραφταν ευχαριστημένα, όταν μιλούσε μαζί του. Σίγουρα την είχε πατήσει μαζί του.

Η Μαντελίν άρχισε να δαγκώνει νευρικά το κάτω χείλος της. Γιατί την ενοχλούσε αυτό αλήθεια; Συνάντησε το άγρυπνο βλέμμα της Μάργκα και ξανακοκκίνησε. Βιαστικά ακούμπησε το μισογεμάτο ποτήρι της στη μπάρα. «Δυστυχώς πρέπει να πάω στο σπίτι. Να ξεσκιστώ στο διάβασμα!» Κούνησε και τα δύο της χέρια, για να τους αποχαιρετήσει όλους ταυτόχρονα.

Όταν είχε φορέσει πια το παλτό της και πήγαινε στην πόρτα, την πήρε από πίσω ο Χίννερκ. «Θα ξανάρθεις την επόμενη φορά;»

Κοίταξε πίσω. «Δεν ξέρω!» Ο Κρις είχε ακουμπήσει το χέρι του στο μπράτσο της Καρόλα. «Όχι, μάλλον όχι · πρέπει να ξεσκιστώ στο διάβασμα για τις εξετάσεις μου.»

Ο Χίννερκ έγνεψε καταφατικά. «Αυτό είναι πιο σημαντικό από το χορό, ασφαλώς.»

«Αλλά;» Η Μαντελίν κρυφογέλασε άθελά της. «Σε μια τέτοια πρόταση ακολουθεί πάντα ένα αλλά.»

«Δεν έχω να σου πω κάποιο επιχείρημα που να μην έχεις ακούσει ήδη.»

Ο Κρις είχε βγάλει το κινητό του και διάβαζε με σηκωμένο φρύδι ένα SMS. Εκείνη άνοιξε την πόρτα και κατέβηκε αργά τη σκάλα, σαν να πήγαινε περίπατο.

Όταν μπήκε στην αυλή, ο Κρις πέρασε σα σίφουνας δίπλα της. Είχε πιάσει πάλι κάπου φωτιά; Υπήρχαν ακόμη θερμαντήρες με σόμπες στις γειτονιές με τα παλιά κτίρια...

5

Την Τρίτη το απόγευμα αναβόσβηνε στα εισερχόμενα της Μαντελίν ένα μήνυμα από τον Χίννερκ. Από που είχε τη διεύθυνση του ηλεκτρονικού ταχυδρομείου της; Η Μπετίνα είχε κολλήσει γρίπη και τώρα ήθελε να την έχει ως αντικαταστάτρια ντάμα. «Τώρα που έχω πάλι χρόνο να χορέψω», ολοκλήρωνε το ηλεκτρονικό μήνυμά του, «γιατί σίγουρα δεν θα θέλεις να είμαι αναγκασμένος να παρακολουθώ.» Η Μάργκα είχε βάλει σίγουρα το χέρι της στο παιχνίδι.

Η Μαντελίν έκλεισε το ηλεκτρονικό ταχυδρομείο της, άνοιξε μια σοκολάτα, και αφοσιώθηκε στις εργασίες του σχολείου της: ένα δοκίμιο για την ειλικρίνεια του Ολάντ, να πραγματοποιήσει τις προεκλογικές του υποσχέσεις. «Il n'a pas les moyens», ξεκίνησε με ζήλο. Ύστερα έσπρωξε το πληκτρολόγιο μακριά. Πως μπορούσε τώρα να αιτιολογήσει ότι δεν ήταν δική του η ευθύνη, παρόλο που είχε όλη τη δύναμη;

Σκεφτική μασουλούσε τη σοκολάτα. Έπειτα άνοιξε πάλι το ηλεκτρονικό της ταχυδρομείο. Μέχρι να της ερχόταν καμιά ιδέα μπορούσε να απαντήσει στον Χίννερκ. Ήταν πολύ ευγενής, για να προσποιηθεί ότι δεν είδε εγκαίρως το μήνυμά του. Στην πραγματικότητα ήταν επίσης πολύ ευγενής για να τον καταδικάσει να παρακολουθήσει μόνο.»

Κοίταξε το ρολόι και υπολόγισε. Αν κατάφερνε το μισό κείμενο μέχρι τις πέντε, θα μπορούσε να γράψει το υπόλοιπο μετά τον Square Dance.

«Γειά σου, Χίννερκ, κάθομαι και κάνω τις εργασίες μου για

35

το σχολείο. Αν μου προμηθεύσεις οπωσδήποτε τρία επιχειρήματα, γιατί έχει παραβιάσει ακούσια ο Ολάντ τις προεκλογικές του υποσχέσεις, θα έρθω απόψε το βράδυ στον Square Dance.» Έστειλε το μήνυμα και πήγε κάτω να πάρει ένα μπουκάλι χυμό σταφύλι.

Όταν ήρθε ξανά στο δωμάτιο, το εικονίδιο του μπάτλερ με τα μηνύματα στεκόταν στην οθόνη. Ο Χίννερκ την είχε προμηθεύσει με αυτό που χρειαζόταν. Απίστευτο. Ίσως οι γεωλόγοι να έπρεπε να είναι ενημερωμένοι και για την πολιτική των χωρών, στις οποίες εργάζονταν.

Τώρα δεν της έμενε τίποτε άλλο, από το να κρατήσει το δικό της μέρος της συμφωνίας. Για να ήταν ειλικρινής ανυπομονούσε μάλιστα. «Είσαι ένας θησαυρός», του απάντησε. «Τα λέμε σύντομα.»

Λίγο πριν τις πέντε είχε το δοκίμιό της έτοιμο· έπρεπε πάντως να το τελειοποιήσει λίγο. Τόσο γρήγορη δεν υπήρξε ποτέ. Σαν να είχε φτάσει η ορμή του χορού μέχρι το γραφείο της.

Ένα λεπτό πριν την αρχή της προπόνησης ανέβηκε τρέχοντας τη σκάλα για τις αίθουσες του συλλόγου. Οι χορευτές του Square Dance ήταν ήδη στη σάλα, το ίδιο και ο Χίννερκ. Είχε στηριχθεί στο ότι θα κρατούσε το λόγο της. Την εμπιστευόταν· ωραίο συναίσθημα ήταν αυτό.

«Το τελείωσα το κομμάτι», φώναξε, ενώ απελευθερωνόταν από το παλτό της.

Ήρθε προς το μέρος της χαμογελαστός. «Και είσαι και συνεπής στην ώρα σου!»

Αφέθηκε να την πάρει από το χέρι και να την οδηγήσει στη θέση της. «Χάρη στη βοήθειά σου. Τα επιχειρήματά σου ήταν ιδιοφυή.»

«Χαίρομαι που ήρθες, Μαντελίν.» Η ζεστή φωνή του Κρις της έφερε ρίγη στην πλάτη.

Η ματιά του της έφερε τα επόμενα ρίγη στην πλάτη. Κοίταξε γρήγορα αλλού, αλλά ήξερε ότι δεν την είχε αφήσει από τα μάτια του. Εδώ ήταν εντελώς αρχάρια· γι' αυτό την πρόσεχε. Κι όμως μια φωνή στο κεφάλι της της έλεγε ότι δεν ήταν αυτός ο λόγος.

Μετά την ανακοίνωση των Calls, με τις οποίες θα ξεκινούσε, πήγε κοντά στην Μαντελίν. «Το κατάλαβες;»

«Ελπίζω.»

Με μία κίνηση του χεριού του χεριού του έδωσε πρόσταγμα στον Χίννερκ και εκείνος έδειξε στην Μαντελίν τις χορευτικές φιγούρες, ενώ ο Κρις επαναλάμβανε τις Calls. Στο τέλος έγνεψε. «Το έκανες καλά, Μαντελίν.» Έκανε πίσω. «Και τώρα όλοι.» Άνοιξε τη μουσική.

Συχνά καθυστερούσε ένα βήμα η Μαντελίν, γιατί δεν αντιλαμβανόταν αρκετά γρήγορα τι έπρεπε να κάνει. Αλλά δεν φαινόταν να χαλάει κανενός η διάθεση· λιγότερο από όλους του Χίννερκ. Κάθε φορά που χωριζόταν από εκείνον, της φώναζε υπερβολικά λεπτομερείς οδηγίες. Σύντομα έκαναν το ίδιο και οι άλλοι και μέσα σε δέκα λεπτά το Square τους είχε γίνει ένα μάτσο ανόητων.

Στη μέση του κομματιού ο Κρις έκλεισε τη μουσική. Σοκαρισμένη η Μαντελίν γύρισε προς το μέρος του. Αυτό σίγουρα δεν μπορεί να πήγαινε καλά.

Της χαμογέλασε. Έκπληκτη προσπάθησε να πάρει ανάσα. Σε κάθε άλλη ομάδα της λέσχης τώρα ο προπονητής θα κατσάδιαζε· γι' αυτό ήταν σίγουρη.

«Δύσκολο, Μαντελίν;» Γιατί σε κάθε πρόταση της απευθυνόταν με το όνομά της;

Πατούσε άβολα το ένα πόδι μετά το άλλο. «Είναι όλα τόσο διαφορετικά.»

«Σίγουρα. Αλλά ήσουν καλή. Παρόλα αυτά θα το κάνουμε όλο άλλη μια φορά.»

Η Μαντελίν αισθανόταν σαν να είχε φτερά, καθώς συνέχισε

το χορό. Και σπάνια έκανε λάθος. Στο μεταξύ συνήθισε τα αμερικάνικα αγγλικά του Κρις· στην πραγματικότητα μάλιστα ήταν πιο εύκολα να τα κατανοήσει κανείς από τα βρετανικά που μάθαινε σχολείο.

«Μια φορά αργά και χωρίς μουσική.» Αυτό δεν ήταν επανάληψη, αλλά μια διαφορετική ακολουθία από Calls, μερικές φανερά ασυνήθιστες και για τους άλλους. Ο Κρις τους άφηνε να σταματήσουν αρκετές φορές και επαναλάμβανε.

«Νόμιζα ότι εσείς τα ξέρατε αυτά», ψιθύρησε η Μαντελίν στο αυτί της Τάνια, κάποια στιγμή που διασταυρώθηκαν.

«Το τέχνασμα είναι η ακολουθία των Calls. Ο Κρις συνεχώς σκέφτεται και κάτι άλλο.»

Στην επόμενη συνάντηση με την Τάνια ρώτησε η Μαντελίν. «Και λειτουργεί αυτό; Κάθε φορά διαφορετικά; Αυτό είναι εντελώς διαφορετικό από τους σχηματισμούς στους λατινικούς χορούς.»

«Γι' αυτό είναι πολύ πιο διασκεδαστικό εδώ.» Η Τάνια στριφογύρισε την Μαντελίν παράτολμα πίσω στα χέρια του Χίννερκ.

«Λάθος, Τάνια», φώναξε ο Κρις.

Η Τάνια έμεινε ακίνητη. «Αυτό έγινε σκόπιμα.»

Ο Κρις σήκωσε το δάχτυλο χαμογελώντας στραβά. «Πρέπει κάθε φορά που έχουμε κάποιον καινούργιο στην ομάδα να κάνεις αυτήν την παράσταση;»

«Λες και συμβαίνει συχνά.»

«Σίγουρα.» Η ματιά του Κρις καρφώθηκε πάλι στην Μαντελίν. «Πέντε λεπτά διάλειμα και μετά το όλο με μουσική.» Επανέλαβε την ακολουθία των Calls. «Θυμηθείτε.»

Η Τάνια έκανε μια κλαματερή γκριμάτσα. «Είσαι γδάρτης, Κρις.»

Ανασήκωσε τους ώμους του ψυχαγωγημένος και έψαξε για μια άλλη μουσική. Η Μαντελίν αναρωτήθηκε για άλλη μια φορά περισσότερο για το ύφος μέσα στο γκρουπ. Κανένας δεν φαινόταν να το παίρνει όλο αυτό στα σοβαρά κι όμως ήταν καλοί.

Το δεύτερο Square μάλιστα ήταν πολύ καλό. Και ήταν σίγουρη ότι και το δικό της θα ήταν εξίσου καλό αν δεν ήταν υποχρεωμένοι να ταλαιπωρούνται μαζί της.

Ορκίστηκε στην επόμενη επανάληψη να τα κάνει όλα σωστά. Σιγανά προσπάθησε να επαναλάβει την ακολουθία των Calls. Ο Χίννερκ την αφουγκράστηκε και τη βοηθούσε, όπου κολλούσε. Ο Κρις τους παρακολουθούσε, αλλά δεν επενέβη.

«Έχεις την ακολουθία στο μυαλό σου;», ρωτησε ο Κρις τον Χίννερκ μετά το διάλειμα. Εφόσον εκείνος έγνεψε καταφατικά, τον έστειλε στο μικρόφωνο και πήρε από το χέρι την Μαντελίν.

Άλλαξαν θέσεις; Ο πανικός κατέλαβε την Μαντελίν. Όταν ο Κρις έβαλε το χέρι του στου γοφούς της, έγιναν τα χέρια της υγρά από την έξαψη.

Το στόμα του Κρις ήταν κολλημένο στο αυτί της. «Μη φοβάσai · δεν δαγκώνω.» Έβγαλε έναν βραχνό ήχο. «Όχι τώρα.»

«Μερικές φορές ναι όμως», τόλμησε να απαντήσει.

«Σε ειδικές περιπτώσεις.» Αυτό που διάβαζε στα μάτια του φανέρωνε αναμφισβήτητα μια συγκεκριμένη ευκαιρία. Σε τι είδους σκέψεις την οδηγούσε αυτός ο άνδρας; Αφού ήταν πολύ μεγάλος για κείνη. Σίγουρα δεν είχε κανένα πατρικό σύμπλεγμα · καλύτερο από τον Μπρούνο δεν θα μπορούσε να ευχηθεί κανένα κορίτσι.

«Μαντελίν;» Η φωνή του τη χάιδεψε. «Δεν πρόσεχες.» Καμία μομφή, απλά μια διαπίστωση.

Παρόλα αυτά η απολογία της βγήκε τραυλίζοντας. «Είμαι κάπως νευρική σήμερα.» «Εσύ με κάνεις νευρική», έπρεπε να πει αν ήθελε να είναι ειλικρινής.

Ο Κρις δυνάμωσε την πίεση του χεριού του στους γοφούς της, αυτό είχε ωραία αίσθηση. «Το είπα ήδη ότι δεν δαγκώνω; Μπορείς να με εμπιστευτείς.»

Της Μαντελίν της κόπηκε πάλι η ανάσα. Ήξερε ακριβώς πως το εννοούσε αυτό. Και τον πίστευε.

Το υπόλοιπο της βραδιάς προσπαθούσε να συγκεντρωθεί

στο χορό. Από τη στιγμή που ο Χίννερκ έγινε ξανά ο παρτενέρ της, απέφευγε να κοιτάξει στην κατεύθυνση του Κρις. Το αισθανόταν όμως κάθε φορά που το βλέμμα του έπεφτε πάνω της. Είναι πολύ μεγάλος για σένα, έλεγε αδιάκοπα και προσπαθούσε να αφήσει την επαφή της με τον Χίννερκ να γίνει στενότερη. Αλλά όταν εκείνος αντιδρούσε, ένιωθε ντροπή. Δεν ήταν δίκαιο από μέρους της να φλερτάρει μαζί του, αν δεν το έβλεπε κι εκείνος επίσης από μέρους του ως παιχνίδι. Και για αυτό το οποίο δεν ήταν καθόλου μα καθόλου σίγουρη.

Έπειτα τελείωσε η προπόνηση και η Τάνια ακούμπησε το μπράτσο της στον ώμο της Μαντελίν. «Είναι πιο ωραία εδώ από ότι στα ερασιτεχνικά μαθήματα · δε βρίσκεις κι εσύ;»

Αυτό πραγματικά δεν μπορούσε να το αρνηθεί.

Ο Χίννερκ έλαμψε γεμάτος προσμονή. «Θα συμμετέχεις λοιπόν;»

Όχι, αυτό δεν μπορούσε να το κάνει σε καμία περίπτωση. Έπρεπε να φύγει από το δρόμο του Κρις και στον Χίννερκ δεν έπρεπε να ξυπνήσει φρούδες ελπίδες. «Δεν γίνεται αυτό · δεν έχω παρτενέρ. Εξάλλου λόγω των ταξιδιών του Χίννερκ σας λείπει μάλλον ένας άνδρας.»

«Αυτό δεν χρειάζεται να σε εμποδίζει, Μαντελίν.» Η συνήθεια του Κρις να λέει συνέχεια το όνομά της, την έκανε όλο και πιο νευρική. Ήρθε πιο κοντά και εκείνη ήθελε να το βάλει στα πόδια, όταν την κοίταξε κατευθείαν στα μάτια. «Μερικές χορεύτριες θα χαρούν πολύ αν καταφέρουν να χάσουν μια εμφάνιση, χωρίς να αναστατώσουν τα πάντα.»

«Αυτή τη στιγμή ο καθένας μας αισθάνεται αναγκασμένος να έρχεται σε κάθε προπόνηση, εκτός αν σέρνονται.» Η Καρόλα της έτεινε ένα ποτήρι Prosecco.

«Κι εγώ δεν τους διευκολύνω να οργανωθούν με τις συνεχείς αλλαγές στις ώρες προπόνησης.» Ο Κρις την κοίταξε ικετευτικά. Είχε την υποψία, ότι δεν ήταν για χάρη της ομάδας που της ζητούσε να ξανάρθει.

Η απάντησή της βγήκε αυτόματα. «Πρέπει να ξεσκιστώ στο διάβασμα. Βασικά δεν έχω καθόλου χρόνο για χορό.»

Η Τάνια γρύλισε. «Δε μου τα πουλάς εμένα αυτά. Κι εγώ επίσης ήμουν στο Collège Francais.» Γέλασε με τη συγχυσμένη ματιά της Μαντελίν. «Και για τα ερασιτεχνικά μαθήματα είχες χρόνο.»

Η Μαντελίν ένιωθε να καίγεται, καθώς έψαχνε για μια ακόμη πρόφαση. Αλλά το γεμάτο προσμονή βλέμμα του Κρις έκανε το συλλογισμό της αδύνατο. «Θα έπρεπε αρχικά να μάθω όλες σας τις χορευτικές φιγούρες. Είναι όλα τόσο διαφορετικά από τους κοινωνικούς χορούς.» Το βλέμμα του Κρις έγινε πιο έντονο · ήξερε ακριβώς τι σκεφόταν εκείνη τη στιγμή. «Θα... Θα το συζητήσω με τους γονείς μου.» Σίγουρα θα την περνούσε τώρα για δειλή.

Το βλέμμα του Κρις έδειξε ξεκάθαρα την έλλειψη πίστης του. «Εσύ η ίδια δε γνωρίζεις καλύτερα από όλους πόσο χρόνο χρειάζεσαι για μελέτη;» Ξαφνικά ένα ζεστό χαμόγελο απλώθηκε στο πρόσωπό του · γνώριζε για άλλη μια φορά τι συνέβαινε μέσα της; «Δε θέλουμε να σε πείσουμε με το ζόρι. Αυτό δεν θα έκανε καλό σε κανέναν.»

«Θα τηλεφωνήσω.»

Ο Κρις έβαλε το χέρι στην τσέπη του παντελονιού του και της έδωσε μια κάρτα. Πραγματικά είχε στην κατοχή του επαγγελματικές κάρτες. Μπερδεμένη προσπάθησε να πάρει ανάσα και έχωσε την κάρτα γρήγορα στην τσάντα της. Καλύτερα να πήγαινε σπίτι τώρα.

Πάνω στη βιασύνη της δεν αποχαιρέτησε καν την Μάργκα. Το βλέμμα του Κρις έκαιγε στην πλάτη της.

Στην κάρτα του Κρις ήταν γραμμένα μια διεύθυνση ηλεκτρονικού ταχυδρομείου και τρεις αριθμοί τηλεφώνου: κινητό, σπιτιού και υπηρεσίας. Το προσωπικό του τηλέφωνο ήταν ένας αριθμός του προαστίου Schmargendorf — θα ήταν παλιότερα τουλάχιστον, αλλά τώρα πια μπορούσες να μεταφέρεις με κάθε μετακόμιση τον αριθμό σου σε όλο το Βερολίνο. Η Μαντελίν ενέδωσε στον πειρασμό και τον έψαξε στον τηλεφωνικό κατάλογο. Πραγματικά έμενε σχεδόν στην άλλη γωνία. Αν στο δρόμο για το σχολείο δεν έπαιρνε το λεωφορείο από την επόμενη στάση και περπατούσε ένα κομματάκι παραπέρα... Το σπινθηροβόλο βλέμμα του έμεινε μαζί της μέχρι τον ύπνο της.

Προτού να πάει το επόμενο πρωί στο σχολείο, άνοιξε τον υπολογιστή και του έστειλε ένα μήνυμα: «Θα συμμετέχω. Μ.»

Όταν γύρισε αργά το απόγευμα στο σπίτι, αντί απάντησης της χαμογελούσαν ένας στρατός γελαστές φατσούλες. «*Awesome!*»

Απογοητευτικό · η αλήθεια ήταν ότι περίμενε μερικές λέξεις παραπάνω. Μετά από όλα αυτά έπρεπε να την ευχαριστεί. Ύστερα συνειδητοποίησε ότι είχε στείλει την απάντηση μερικά λεπτά μόνο μετά το μήνυμά της – ίσως έπρεπε να φύγει για υπηρεσία;

Δεν έπρεπε τώρα να πάρει τηλέφωνο για να ρωτήσει αν η επόμενη προπόνηση θα ήταν την Παρασκευή ή την Τρίτη κιόλας;

Καθώς κρεμόταν πάνω από το τηλέφωνο, την φώναξε η Κονστάνζε στην κουζίνα. Η Μαντελίν ανέλαβε το ήδη τοποθετημένο στον πάγκο ξύλο κοπής και το πράσο. Η Κονστάνζε έκοβε γρήγορα τις πατάτες με το μαντολίνο, για να τις κάνει φέτες για ένα *Gratin Dauphinois*.

«Επισκέψεις; Θα έρθουν ο παππούς και η γιαγιά για φαγητό;»

Το πρόσωπο της Κονστάνζε απέκτησε μια σχεδόν ύπουλη έκφραση. «Από πότε είναι αυτή η μοναδική επίσκεψη που μπορεί να μας έρθει;»

«Ποιος θα έρθει λοιπόν;» Σίγουρα η Κονστάνζε αντιλήφθηκε την ανακούφισή της.

Κάθισε απέναντι από την Μαντελίν. «Τι τρέχει με σένα και τον παππού σου; Έχει να κάνει με το χορό;» Μερικές φορές η

Μαντελίν είχε την υποψία, ότι ήταν σύμφωνη με το να έρθει εκείνη σε αντιπαράθεση με τον παππού – σαν να μην το τολμούσε η ίδια για τον εαυτό της.

«Αν έχεις κάτι να μου πεις, παιδί μου · σε ακούω.»

«Δεν είναι τίποτα σπουδαίο.» Η Μαντελίν έκοβε τις ρίζες από τα πράσα. «Ο παππούς ξέρει ήδη ότι δεν έχω ούτε κέφι να μάθω να χορεύω έτσι όπως το έχει φανταστεί εκείνος. Ούτε και το χρόνο τώρα πια.» Άρχισε να απομακρύνει τις ξερές κορυφές και τα εξωτερικά φύλλα.

«Χτες όμως πήγες για χορό.»

Η *Maman* μπορούσε να είναι τόσο διεισδυτική · και το έκανε τόσο αθώα. «Βασικά όχι. Ήμουν μόνο...» Ανασήκωσε τους ώμους. «Έκανα μόνο μια χάρη σε κάποιον που με βοήθησε σε μια σχολική εργασία μου.» Η Κονστάνζε έδειξε ασυγκίνητη ότι δεν πίστευε λέξη. «Τελείωσα νωρίς, γι' αυτό.» Ανασήκωσε πάλι τους ώμους. «Για διασκέδαση δηλαδή.»

Το βλέμμα της Κονστάνζε γινόταν όλο και πιο στοχαστικό. Παρόλα αυτά η Μαντελίν συνέχιζε την τακτική της παραπλάνησης. «Είναι σημαντικό να αδειάζουμε το κεφάλι μας πότε πότε.»

Η Κονστάνζε γέλασε δυνατά. «Πίσω από αυτό κρύβεται κάτι περισσότερο, δίκιο δεν έχω;» Της χάιδεψε το μπράτσο. «Πρόσεχε τον εαυτό σου, Μαντελίν, είσαι ακόμα τόσο μικρή.»

Προτίμησε να μη διαμαρτυρηθεί, αυτή ήταν ξεκάθαρα μια προσφορά συμμαχίας. «Αν θα έχω πρόβλημα, θα στο πω.»

Η Κονστάνζε έδειχνε λοιπόν σαν να θέλει να ρωτήσει και κάτι ακόμα, αλλά γύρισε από την άλλη και αφοσιώθηκε ξανά στο *Gratin*. Ας τολμούσε ο παππούς να αμφισβητήσει την απόφασή της – με την Κονστάνζε στο πλευρό της δεν θα κατάφερνε να υπερισχύσει.

6

Ο Κρις είχε στείλει ένα μήνυμα στην Μαντελίν και την καλούσε να έρθει μισή ώρα νωρίτερα για να εξασκηθεί. Με τρεμάμενα δάχτυλα πληκτρολόγησε τη θετική της απάντηση.

Όταν έφτασε, εκείνος καθόταν με ένα ποτήρι μεταλλικό νερό στο μπαρ. Μεταλλικό νερό! Είχε εντυπωσιαστεί.

«Μπορούμε να ξεκινήσουμε αμέσως.» Χωρίς να πει λέξη προχώρησε μπροστά της στην αίθουσα και άνοιξε τη μουσική. «Για τη διάθεση.» Για πρώτη φορά χαμογέλασε. «Θα σε βάλει πιο εύκολα στο ρυθμό.»

Όταν την έπιασε από το μπράτσο, εκείνη τινάχτηκε. Τα μάτια του διευρύνθηκαν έκπληκτα και την απελευθέρωσε. Άπλωσε το χέρι της να πιάσει το δικό του · δεν έπρεπε να πιστέψει ότι την έκανε να διστάζει.

Την κοίταξε σαν να ήθελε να διαβάσει τις σκέψεις της. Κατόπιν ξερόβηξε και μουρμούρισε κάτι στα αγγλικά, προτού να της εξηγήσει την πρώτη Call.

Αντί όμως να κοιτάει τις κινήσεις του, κοιτούσε όλη την ώρα το πρόσωπό του.

«Ας το προσπαθήσουμε · θέλεις;» Την τράβηξε πιο κοντά του και η Μαντελίν καταλήφθηκε από το ίδιο συναίσθημα, που ήδη την περασμένη βδομάδα είχε παραλύσει τον εγκέφαλό της.

Αυτόματα τραβήχτηκε πιο κοντά του και μισόκλεισε τα μάτια της, καθώς αφέθηκε να την οδηγήσει. Ύστερα ήρθε μια στιγμή που η αναπνοή του χάιδεψε το μάγουλό της. Αν γύριζε εκείνη τώρα το κεφάλι της, θα αγγίζονταν. Έπρεπε; Κατάπιε νευρικά · τι θα σκεφτόταν για κείνη;

«Μαντελίν;» Ακόμα και η φωνή του τη χάιδευε. «Άκουσες τι σου είπα μόλις;»

Άνοιξε εντελώς τα μάτια της. «Λυπάμαι. Θα συγκεντρωθώ.»

Το βλέμμα του ήταν σε εγρήγορση, λίγο καχύποπτο. «Όλα καλά;»

Τίποτα δεν ήταν καλά. «Ναι, ασφαλώς. Οι προετοιμασίες για τη γραπτή εξέταση χρειάζονται πολύ χρόνο. Θα έπρεπε κάποια στιγμή να χορτάσω ύπνο.»

Η δυσπιστία δεν εξαφανίστηκε από το βλέμμα του, αλλά χαμογέλασε. «Αν μπορώ, θα κρατήσουμε την Τρίτη για προπόνηση, για να πέφτεις πιο νωρίς στο κρεβάτι. Το απολυτήριό σου δε γίνεται να ναυαγήσει εξαιτίας μας.»

«Αυτό δεν πρόκειται να γίνει.» Πήρε μια βαθιά ανάσα · βάδιζε σε γνώριμο έδαφος. «Όπως και να ,χει χρειάζομαι ένα απολυτήριο με άριστα για αυτό που θέλω να σπουδάσω.»

«Τι θέλεις να σπουδάσεις;»

«Ιατρική.»

«Ω!» Την κοίταξε έκπληκτος. «Τότε έχουμε κοινά ενδιαφέροντα. Ωστόσο εγώ απέτυχα λόγω έλλειψης υποτροφίας. Το ότι ο μπαμπάς είναι στην Air Force δυστυχώς δε με βοήθησε αρκετά.»

«Και γι' αυτό είσαι τώρα στην Πυροσβεστική;»

Έγνεψε καταφατικά. Και ξερόβηξε ξανά. «Τώρα και οι δύο δεν ήμαστε συγκεντρωμένοι. Δεν έχουμε τελειώσει ακόμα.»

Και δεν θα τελείωναν ποτέ, γιατί αμέσως μετά ήρθε ο Χίννερκ. Την προσφορά του να συνεχίσει την εξάσκηση με την Μαντελίν, δεν μπορούσαν να την απορρίψουν.

Ξαφνικά η Μαντελίν αισθάνθηκε αμήχανη και άκαμπτη. Το βλέμμα του Κρις φάνηκε να εκφράζει αποδοκιμασία. Στάθηκε ακίνητη. «Τι κάνω λάθος;»

«Πως;» Ο Χίννερκ την κοίταξε σαστισμένος. «Τίποτα. Πως σου ήρθε αυτό;»

Ο Κρις δεν είπε απολύτως τίποτα · επανέλαβε την τελευταία Call του και ο Χίννερκ άρχισε από την αρχή.

Ο Κρις εξέπληξε τους χορευτές Square Dance εκείνο το βράδυ με Calls, που η ακολουθία τους ήταν φανερά τόσο ασυνήθιστη, ώστε προκαλούσε σύγχυση περισσότερες από μία φορές. Ήταν πιο απερίσκεπτος από ότι συνήθως · αποδοκιμασία δεν είδε ξανά η Μαντελίν.

Η απερισκεψία του έκανε την Μαντελίν αυθάδη. Στραβοχόρευε επίτηδες, γιατί ήλπιζε ότι θα έπαιρνε την κατάσταση στα χέρια του και θα της έδειχνε αυτοπροσώπως, πως ήταν το σωστό. Αλλά η περασμένη Τρίτη ήταν μάλλον μια εξαίρεση, για να διευκολύνει την είσοδό της στην ομάδα. Αντ' αυτού της άλλαξε πρώτα καβαλιέρο και ύστερα έπρεπε όλο της το Square να κάνει παύση για να μπορέσει να κοιτάξει πως το έκαναν οι άλλοι.

Έπειτα αποφάσισε να τα κάνει όλα σωστά. Δεν ήθελε να χάσει την εύνοια του Square της. Κάποια στιγμή συνάντησε το άγρυπνο βλέμμα του Κρις: Είχε δει μέσα στο μυαλό της; Αποφάσισε να απολαύσει τή βραδιά και να αφήσει όλα τα υπόλοιπα στον καιρό τους.

Μετά την προπόνηση ο Κρις έφυγε αμέσως μόλις τους αποχαιρέτησε.

Φτάνοντας στο σπίτι της του έστειλε ένα μήνυμα αν θα προπονούταν μαζί της νωρίτερα. «Ύστερα», απάντησε ο Κρις. Νωρίτερα είχε υπηρεσία.

7

Ο χορός Square Dance ήταν βασικά πολύ εύκολος, αν μάθαινε κανείς τι κρυβόταν πίσω από τόσο παράξενες Calls όπως το «*pass the ocean*» ή «*ladies in, men sashay*». Ο Χίννερκ της έγνεφε συνεχώς αναγνωριστικά. Η Μαντελίν απολάμβανε τη διάθεση στην ομάδα, τη μουσική – και το μαγευτικό τόνο της τραγουδιστικής φωνής του Κρις. Κάθε φορά που το βλέμμα της έπεφτε πάνω του, είχε την αίσθηση ότι είχε την αμέριστη προσοχή του.

Αν έλεγε στον παππού ότι μετά το φιάσκο με τον Ρόμπερτ είχε απλώς αρπάξει την πρώτη ευκαιρία που της είχε προσφερθεί; Αυτό θα έπρεπε να τον χαροποιήσει. Το να χορεύεις είναι να χορεύεις... Όχι, δεν ήταν. Μάλλον γι' αυτό θα έμενε στον Square Dance. Με την σκέψη στον Κρις ο λαιμός της στένευε.

Η Μαντελίν ήταν τόσο βυθισμένη στους συλλογισμούς της της, που άρχισε να κάνει λάθη. Το κριτικά ζαρωμένο μέτωπο του Κρις της έλεγε ότι έπρεπε να συμμαζευτεί. Δεν έπρεπε να νομίζει ότι το έκανε πάλι επίτηδες.

Έπειτα τελείωσε η προπόνηση και το γκρουπ μαζεύτηκε ως συνήθως γύρω από το μπαρ. Ο Κρις στεκόταν μαζί με τους άλλους και συζητούσε· είχε αποφασίσει ότι δεν χρειαζόταν καμία ενισχυτική διδασκαλία;

Η Μαντελίν σιγόπινε διστακτικά το Prosecco της, μονοπολώντας το ενδιαφέρον του Χίννερκ. Σύντομα του φάνηκε ότι να ήθελε να τη ρωτήσει τι της συνέβαινε. Αλλά προς ανακούφισή της δεν το έκανε.

Ύστερα η Καρόλα και η Τάνια ήθελαν να φύγουν και ο Νόρμπερτ ρώτησε την Μαντελίν αν ήθελε να την πάρει μαζί του.

Ο Κρις παρατήρησε το αμήχανο βλέμμα της Μαντελίν και ήρθε κοντά τους. Προφανώς την πρόσεχε όλη την ώρα, παρόλο που φάνηκε να έχει εμπλακεί στη συζήτηση. «Είναι αργά · έχεις παρόλα αυτά χρόνο να μείνεις;»

«Ναι, ασφαλώς.» Λες και δεν ήταν αυτό που όλη περίμενε όλη αυτήν την ώρα.

Το βλέμμα του Χίννερκ έγινε ακόμα πιο άγρυπνο. «Για εξάσκηση; Μπορώ να μείνω κι εγώ ακόμα.»

Το πρόσωπο του Κρις έμεινε ανέκφραστο καθώς απαντούσε. «Δεν είναι ανάγκη.» Γιατί δεν ξαπόστελνε ρητά τον Χίννερκ;

Ο Χίννερκ όμως δε φάνηκε να βρίσκει τίποτε ύποπτο και όταν ο Κρις με την Μαντελίν επέστρεψαν στη σάλα, έμεινε μόνο για λίγο στην πόρτα και αποχαιρέτησε προτού καν αρχίσουν να χορεύουν.

Η Μαντελίν ήταν αγκυλωμένη από τον ενθουσιασμό της και όταν ο Κρις την πήρε στα χέρια του, είχε την αίσθηση ότι το πρόσωπό της είχε ξεχειλίσει από ένα αποκαλυπτικό κοκκίνισμα. Για να κρύψει αυτό που συνέβαινε μέσα της, αγκυλώθηκε ακόμη περισσότερο. Αλλά αυτό δεν βοήθησε.

Ο Κρις την έπιασε και από τους δύο ώμους και μελέτησε το πρόσωπό της. «Χαλαρά, Μαντελίν.» Χαμογέλασε λίγο · το βλέμμα του της έστειλε ένα ρίγος στη σπονδυλική στήλη.

Εκείνη έσκυψε κι εκείνος εισέπνευσε βίαια τον αέρα. Μύριζε μέντα και ένα στυφό άφτερ σέιβ, παρόλο που πρέπει να είχαν περάσει ώρες από τότε που είχε να ξυριστεί. Η σκοτεινή σκιά στο μάγουλό του του έδινε μια παράτολμη έκφραση.

Δεν μπορούσε να σκεφτεί μια απάντηση που να είναι αστεία ή έξυπνη. Αλλά άρχισε να χαλαρώνει. Αντιθέτως είχε όλη την ώρα την αίσθηση ότι εκείνος έπρεπε να καταβάλει προσπάθεια για να παραμείνει ψύχραιμος. Δεν αισθανόταν τίποτα από την ελαφρότητα των τελευταίων ημερών. Κάποια στιγμή παραιτήθηκε από αυτή τη σκέψη και μόνο χόρευε.

«Θα σε πάω σπίτι», είπε, καθώς ηχούσαν στο μπαρ τα ποτήρια που συμμάζευε η Μάργκα. Προφανώς αυτό ήταν το σύνθημα ότι τελείωσαν. Άραγε η Μάργκα περίμενε τα βράδια μέχρι να φύγει και ο τελευταίος; Ο Κρις είχε σίγουρα κλειδί για τον όροφο.

Έπειτα έφυγαν και οι τρεις μαζί, αλλά η Μάργκα απέρριψε την προσφορά του Κρις να την πάει κι εκείνη σπίτι. «Χρειάζομαι καθαρό αέρα και κίνηση για να μπορέσω να κοιμηθώ.»

Είχε αρχίσει να χιονίζει ξανά και το χιόνι ξεχώριζε φωτεινό σε αντίθεση με την αφώτιστη αυλή. «Ο επιστάτης είναι κατά πάσα πιθανότητα ξανά στην παμπ», μουρμούρισε η Μάργκα, καθώς τους ακολουθούσε πατώντας στα χνάρια τους με ελαφρά τεντωμένα τα μπράτσα της μπροστά της.

Ο Κρις πήρε τη Μαντελίν από το χέρι για να την οδηγήσει πάνω στο γλιστερό έδαφος.

Στο δρόμο η Μάργκα κοντοστάθηκε. «Θα φτάσουμε πιο γρήγορα σπίτι, αν δεν έρθουμε μαζί σου, Κρις. Μέχρι να ξεθάψεις το αυτοκίνητο και σε αυτούς τους σαν γυαλί δρόμους...» Κοίταξε τη Μαντελίν ικετευτικά, καθώς εκείνη όμως δεν αντέδρασε, η Μάργκα του αποχαιρέτησε και περπάτησε με κόπο στο χιόνι προς τη στάση του μετρό.

Το αυτοκίνητο του Κρις βρισκόταν μόνο μερικά βήματα μακριά, αλλά όταν επιβιβάστηκε η Μαντελίν είχε ήδη παγωμένα πόδια και χέρια. Ήταν τουλάχιστον δεκαπέντε βαθμοί κάτω από το μηδέν. Έκρυψε τις παλάμες της κάτω από τις μασχάλες της, ενώ ο Κρις ξεχιόνιζε τα τζάμια του αυτοκινήτου γύρω γύρω. Προτού ξεκινήσει, έπιασε από το πίσω κάθισμα μια θερμική κουβέρτα και τύλιξε με αυτήν την Μαντελίν.

«Υπερβάλλεις!»

Ψευτογέλασε. «Όπως έχει μάθει κανείς.»

Κοίταξε πιο προσεκτικά την κουβέρτα. «Αυτή είναι από την Πυροσβεστική;»

«Είναι σαν αυτές που χρησιμοποιούμε στην Πυροσβεστική.»

Ο Κρις πάτησε το κουμπί της μίζας και μετά από τη στιγμή που χρειάστηκε το αυτοκίνητο για να διερευνήσει τις συνθήκες, πήρε μπρος ο βενζινοκινητήρας.

Καθοδόν βρίσκονταν μόνο μεμονωμένα αυτοκίνητα της υπηρεσίας για το χειμώνα και ο Κρις προτίμησε τους κεντρικούς δρόμους αντί για τον αστικό αυτοκινητόδρομο. Αφού πλέον ζεστάθηκε η μπαταρία, κυλούσαν αθόρυβα μέσα στη χιονισμένη πόλη. Ήταν γλιστερά και όλο και φρέναρε το Toyota από μόνο του, γιατί οι ρόδες άρχιζαν να γλιστρούν.

Η Μάργκα είχε δίκιο· εκείνη σίγουρα με το μετρό ήταν πιο γρήγορα σπίτι της. Αλλά η Μαντελίν έπρεπε να μετεπιβιβαστεί στο δρόμο της επιστροφής πολλές φορές και στις στάσεις των λεωφορείων θα είχαν παγώσει τα πόδια της.

Ο Κρις ήταν σιωπηλός. Που και που της έριχνε με την άκρη του ματιού του ένα βλέμμα, που δεν ήξερε πως να ερμηνεύσει. Τον καθοδηγούσε και αυτό ήταν το μόνο που έλεγε.

Η ένταση μεταξύ τους μεγάλωνε.

«Ευχαριστώ», μουρμούρισε, όταν σταμάτησε μπροστά στην πόρτα της.

«Ήταν ευχαρίστησή μου.»

Ακούσια ήρθε αντιμέτωπή του, όταν εκείνος γύρισε προς το μέρος της.

Της έδωσε ένα πεταχτό φιλί στο μάγουλο.

Της Μαντελίν της κόπηκε η ανάσα· ύστερα γύρισε το κεφάλι της και τα χείλη τους συναντήθηκαν. Το στόμα του ήταν ζεστό και απαλό και άνοιξε κάτω από το άγγιγμά της. Εκείνη βάθυνε το φιλί κι εκείνος ανταποκρίθηκε με τη γλώσσα του. Όμως μετά υποχώρησε.

«Μαντελίν.» Καθάρισε το λαιμό του. «Αυτό δεν επιτρέπεται να το κάνουμε.»

Ξεφύσηξε αγανακτισμένη. «Είμαι σχεδόν δεκαοκτώ!»

«Σχεδόν!» Έκλεισε για μια στιγμή τα μάτια του· μετά άπλωσε το χέρι του και την τράβηξε πάνω του.

Για να έρθει ακόμη πιο κοντά του, έβαλε το μπράτσο της γύρω από το λαιμό του. «Φίλησέ με, Κρις.» Έτριψε το πρόσωπό της στο μάγουλό του · εκείνος βόγγηξε. «Φίλησέ με, Κρις.» Με δύο δάχτυλα χάιδεψε αργά τα χείλη του.

Έκανε έναν ήχο που ακούστηκε σαν το γρύλισμα ενός σκύλου από τα βάθη του φάρυγγά του. «Με κάνεις τρελό, Μαντελίν.» Την τράβηξε να καθίσει στην αγκαλιά του. Και μετά τη φίλησε, έντονα, απαιτητικά, μέχρι που δεν έπαιρνε πια ανάσα. Τα σωθικά της είχαν πάρει φωτιά.

Με κλειστά τα μάτια αφέθηκε καθισμένη στην αγκαλιά του και ένιωθε τα καυτά κύματα που διαπερνούσαν στο κορμί της. Τι μεθυστική αίσθηση. Ότι ένα απλό φιλί μπορούσε να έχει τέτοια επίδραση... αλλά δεν ήταν ένα απλό φιλί. Ο Κρις ήταν τρελαμένος μαζί της · εδώ δεν υπήρχε σφάλμα.

«Κρις...»

Ακούμπησε το χέρι του στο στόμα της, χαϊδεύοντας ταυτόχρονα με τον αντίχειρα το μάγουλό της. «Ήρθε η ώρα να γυρίσεις σπίτι.»

«Εδώ είναι όλα σκοτεινά · κανείς δε μας βλέπει. Και οι γονείς μου έχουν πάει σε μια επιθεώρηση στο Friedrichstadtpalast.» Γλίστρησε πίσω στη θέση της. «Θέλεις να δεις τη συλλογή μου με τις πεταλούδες;»

«Τι;» Την κοίταξε σαν να είχε χάσει το μυαλό της.

«Αυτό ήταν ένα *running gag*. Ποτέ δεν θα κάρφωνα τις όμορφες πεταλούδες.»

Οι ρυτίδες γέλιου γύρω από τα μάτια του βάθυναν και ήταν τώρα ορατές ακόμα και στο μισοσκόταδο του δρόμου.

«Καλόν ύπνο, Μαντελίν.»

«Θα σε ονειρευτώ, Κρις.»

Το βλέμμα του ήταν καθαρή, ανέγγιχτη τρυφερότητα. Κεφάτη βγήκε από το αυτοκίνητο και περπάτησε με κόπο στο χιόνι από το διάδρομο που οδηγούσε στο γκαράζ μέχρι την είσοδο του σπιτιού.

Όταν γύρισε πίσω της, εκείνος είχε αναχωρήσει αθόρυβα. Η Μαντελίν γέλασε. Σε σχεδόν δύο μήνες θα γινόταν δεκαοκτώ.

Έβαλε στον εαυτό της ένα ποτήρι γάλα και άνοιξε τον υπολογιστή της. «Καληνύχτα», της είχε γράψει ο Κρις από το κινητό του. Σίγουρα ήταν ερωτευμένος μαζί της.

8

«*Hello* Μάργκα! Ας τολμήσει κάποιος από το διοικητικό συμβούλιο να πει άλλη φορά ότι οι νέοι δεν ενδιαφέρονται για τον δικό μας παλιό χορό.»

Ο Κρις έβαλε την τσάντα με τη στολή πάνω στο γραφείο της. «Μπορείς να κάνεις εγγραφή για μια νέα χορεύτρια στο τμήμα του Square Dance.» Έλαμπε.

Η Μάργκα άλλαξε το πρόγραμμα και έφερε μπροστά της τις καρτέλες των μελών. «Ποια νέα χορεύτρια εννοείς; Την Μαντελίν; Αυτό σίγουρα δεν θα κάνει χαρούμενο τον Ζορζ.»

«Γιατί; Επειδή παράτησε τα δοκιμαστικά μαθήματα; Όχι εξαιτίας μας!»

«Ο Ζορζ την έχει την εγγονή του ήδη για το νέο αστέρι στον ουρανό των τουρνουά...»

Ο Κρις την κοίταζε με το στόμα ανοιχτό. Τι είπε μόλις;

«Τι πράγμα;»

Πήρε μια ανάσα. «Τι εγγονή;»

«Και ποια νόμιζες ότι είναι η Μαντελίν Λαγκράνζε;»

«Μέχρι τώρα δεν ήξερα πως λέγεται στο επίθετο.» Έτριψε το πρόσωπό του με μια κουρασμένη χειρονομία. «Αυτό όμως...» Δεν έφτανε που η Μαντελίν ήταν μόλις δεκαεπτά · ήταν επίσης και η εγγονή του προέδρου.

Πιο περίπλοκα, ειλικρινά, δεν θα μπορούσε να είναι.

«Και τι μ' αυτό;» Η Μάργκα αντέγραψε τα στοιχεία της Μαντελίν στην καρτέλα του γκρουπ του Square Dance. «Θα σου στείλω τον αριθμό τηλεφώνου της και τη διεύθυνση του ηλεκτρονικού ταχυδρομείου της στο κινητό.»

«Τη διεύθυνση του ηλεκτρονικού ταχυδρομείου της την έχω ήδη.» Έβγαλε το κινητό του από την τσάντα και ξεφύλλισε το ημερολόγιο. Ταυτόχρονα ενημέρωσε τη Μάργκα για τις επόμενες ημερομηνίες προπόνησης. «Κατάφερα να ξεκαθαρίσω στους συναδέλφους ότι πρέπει να προγραμματίσω προκαταβολικά για πιο πολύ καιρό. Εφόσον δεν θα υπάρξουν επείγοντα περιστατικά, αυτό είναι το πρόγραμμα με τις βάρδιες για τις επόμενες τέσσερις εβδομάδες.»

«Τι τους έταξες;»

Ανασήκωσε τους ώμους. «Δεν έχω οικογένεια· μπορώ να κάνω τις δυσμενείς υπηρεσίες, χωρίς να βλάψω κανέναν.»

«Εντελώς ανιδιοτελές!» Η Μάργκα ανοιγόκλεισε περιπαιχτικά τα μάτια της.

Τι θέμα είχε; Ζάρωσε το μέτωπό του· η κοροϊδία δεν ήταν κάτι που συνήθιζε η Μάργκα. Ήταν εξαιτίας της έξτρα ώρας με την Μαντελίν; «Όλα έχουν το τίμημά τους.» Έβγαλε τα CD του από την ντουλάπα του γραφείου και πήγε στη μεγάλη σάλα, για να διαλέξει τα κομμάτια που ήθελε να χρησιμοποιήσει εκείνο το βράδυ.

Μόλις είχε δηλώσει την Μαντελίν ως μέλος του γκρουπ. Θα ερχόταν όμως ακόμα και μετά το φιλί; Δεν είχε ανταποκριθεί στον χαιρετισμό του για καληνύχτα.

«Ένα νερό, Κρις;» Η Μάργκα βγήκε από το γραφείο με μια κούτα ποτά και άρχισε να τα τακτοποιεί στο ψυγείο στο μπαρ.

Θα προτιμούσε τώρα να πιει μια μπύρα. Ή ακόμα καλύτερα ένα ουίσκι. Αλλά αυτό δε συμβάδιζε με τη δουλειά του· και θα βρομοκοπούσε κιόλας.

Άνοιξε το μεταλλικό του νερό και μελέτησε το πρώτο CD. «*Pickin' up Strangers*» - το πρώτο κομμάτι, με το οποίο κράτησε την Μαντελίν στην αγκαλιά του. Η ανάμνηση και μόνο ήταν αρκετή για να ξυπνήσει μέσα του την επιθυμία. Δεν έπρεπε να έχει χορέψει μαζί της. Εκείνος ήταν άλλωστε ο πιο έξυπνος, ο ενήλικας· διπλάσιος στην ηλικία από την Μαντελίν.

Υπερβολικά μεγάλος.

Το κλείσιμο της πόρτας της σάλας τον έβγαλε απότομα από τις σκέψεις του.

Η Μαντελίν ρίχτηκε στην αγκαλιά του και τον φίλησε με ορμή. Δεν μπορούσε να κάνει τίποτε άλλο από το να ανταποδώσει το φιλί της. Βυθίστηκε στη ζεστασιά της, στο λεπτό άρωμα των μαλλιών της. Η ζεστασιά της εξαπλώθηκε σε κείνον και χρειάστηκε να περάσουν μόνο μερικά δευτερόλεπτα για να αντιδράσει σφόδρα.

Γύρισε το κεφάλι του στο πλάι. «Μαντελίν...» Από ότι φαινόταν δεν του ερχόταν τίποτε άλλο στην παρουσία της από το να προφέρει ξανά και ξανά το παράξενο όνομά της.

«Μα, γι' αυτό έκλεισα την πόρτα.» Τον φίλησε στο μάγουλο, χάιδεψε με το στόμα το πηγούνι του και ξανακόλλησε τα χείλη της στα δικά του.

Βόγγηξε. «Σταμάτα το!»

Η Μαντελίν οπισθοχώρησε· τα μάτια της έλαμπαν υγρά. «Δεν σου αρέσω;» Ακούστηκε τόσο αξιοθρήνητη, που την τράβηξε πάλι κοντά του.

«Αξιαγαπητότατη, υπέροχη Μαντελίν.» Χάιδεψε μια μια μπούκλα μακριά από το μέτωπό της, προτού την απελευθρώσει και κάνει μισό βήμα πίσω. «Εσύ είσαι ανήλικη κι εγώ επιπλέον ο προπονητής σου!»

Πείσμα και οργή ζωγραφίστηκαν στο πρόσωπό της. «Αυτό δε με ενδιαφέρει. Δεν αφήνω κανέναν να μου κάνει κουμάντο!» Τώρα θα χτυπούσε και το πόδι της στο πάτωμα.

Ο Κρις άπλωσε το χέρι του προς εκείνη. «Έλα δω!»

Τα μάτια της εκτόξευαν κεραυνούς· τώρα η οργή της στράφηκε σε κείνον. «Και ούτε από σένα δε δέχομαι κουμάντο.» Έβαλε τα γέλια. «Ω – προφανώς πρέπει.» Και ξανά ένας κεραυνός στο βλέμμα της. «Αλλά όχι έτσι!»

Η απρόβλεπτη ιδιοσυγκρασία της ήταν μεθυστική. «Τι πειράζει αν περιμένουμε μέχρι να ενηλικιωθείς;» Περίμενε σχεδόν με αγωνία, ποια συναισθήματα θα εμφανίζονταν τώρα στο πρόσωπό της.

Κατσούφιασμα. Κάθισε δίπλα του στην άκρη του τραπεζιού. «Δε ζούμε δα και στο μεσαίωνα. Κανείς δε νοιάζεται.»

«Αντιστρόφως είναι το σωστό. Στο Μεσαίωνα η ηλικία των κοριτσιών δεν είχε σημασία.»

Η Μάντελιν άρχισε να μαλάζει το λοβό του αυτιού της· αλλά πριν προλάβει να ανοίξει ξανά το στόμα της, άνοιξε η πόρτα της σάλας.

Τρομαγμένη γύρισε απότομα· έτσι δεν είδε την ανακουφισμένη εκπνοή του.

Ο Νόρμπερτ και η Καρόλα στέκονταν στην πόρτα· ο Νόρμπερτ με ζαρωμένο μέτωπο, σαν να διαισθανόταν κάτι. «Αν συνεχίσετε να εξασκείστε επιπλέον τόσο συχνά, η Μαντελίν θα μας κάνει σύντομα όλους ανταγωνιστές.»

«Δεν ήθελαν οι κυρίες ντάμες να έχουν την ευκαιρία να μπορούν να απουσιάζουν χωρίς βάρος στη συνείδησή τους;» Αυτό δεν ήταν και πολύ πειστικό· αλλά τι άλλο να έλεγε;

«Δεν κάναμε εξάσκηση.» Η Μαντελίν με την απερισκεψία της!

Οι ρυτίδες στο μέτωπο του Νόρμπερτ έγιναν πιο βαθιές. Χρειαζόταν μια ευκαιρία να τα πει μαζί του. Αλλά για να γίνει αυτό, έπρεπε να αφήσει τη Μαντελίν να γυρίσει σπίτι μόνη της.

Κατά τη διάρκεια της προπόνησης η Μαντελίν τον έψαχνε τόσο εμφανώς, που ακόμη και ο Χίννερκ ζάρωσε το μέτωπο. Και μετά η Τάνια.

Ο Κρις δεν μπορούσε να κάνει τίποτα. Αν μιλούσε, η κατάσταση θα γινόταν πλέον ύποπτη. Δεν τον γνώριζαν αρκετά καλά, ώστε να τον εμπιστεύονται; Δεν του δόθηκε καμία ευκαιρία να μιλήσει μαζί τους. Μετά την προπόνηση η Μαντελίν περίμενε, σαν να ήταν απολύτως φυσικό, μέχρι να φύγει εκείνος.

Ο Χίννερκ και ο Νόρμπερτ προσέφεραν και οι δύο στην Μαντελίν να την πάρουν με το αυτοκίνητό τους. Και οι δύο φάνηκαν να είναι περισσότερο από απορημένοι, όταν τους αρνήθηκε και δεν έκανε καμία κίνηση να ξεκινήσει για το σπίτι. Ήταν τόσο φανερό ότι κάτι περίμενε — κάποιον περίμενε.

Και πάλι έφυγαν μαζί με την Μάργκα, που κλείδωσε τη λέσχη πίσω τους. Στο δρόμο η Μάργκα τον έπιασε αγκαζέ. «Σήμερα δέχομαι με χαρά την προσφορά σου. Θέλω να πάω στην αδερφή μου.»

Αγωνίστηκε να βγάλει ένα χαμόγελο. «Και το αυτοκίνητο δεν είναι θαμμένο κάτω απο το χιόνι.» Η λογική διαδρομή θα ήταν να αφήσει πρώτα την Μαντελίν στο σπίτι της. Η Μάργκα το γνώριζε αυτό, ήξερε τη διεύθυνση της Μαντελίν.

Αλλά η Μαντελίν δεν το γνώριζε και πήδηξε ευδιάθετη στο κάθισμα του συνοδηγού. Κατέβασε το σκιάδιο και παρακολουθούσε τη Μάργκα από το καθρεφτάκι, ενώ η Μάργκα και ο Κρις κουβέντιαζαν.

Όταν έφτασαν σχεδόν στο προάστιο Schmargendorf, ο εκνευρισμός εξαπλώθηκε στο πρόσωπο της Μαντελίν. «Μάργκα, νόμιζα ότι μένεις στο Wilmersdorf.»

«Μα δεν είναι αυτός ο προορισμός μου απόψε.» Η Μάργκα της χαμογέλασε αθώα στο καθρεφτάκι. Είχε και η Μάργκα λοιπόν πονηρευτεί · το είχε φανταστεί. Η Μαντελίν δεν είχε κάνει καμία προσπάθεια κι εκείνος ήταν πάντα κακός ηθοποιός.

Σταμάτησε μπροστά από το σπίτι της Μαντελίν και το πρόσωπό της σκοτείνιασε εντελώς. Το βλέμμα της τον κάρφωσε. Γιατί ξεσπούσε την οργή της πάνω του και όχι στη Μάργκα, που είχε μπει λαθραία στο αυτοκίνητό του χωρίς να ρωτήσει;

Όταν η Μαντελίν αποβιβάστηκε με το πηγούνι προκλητικά σηκωμένο, χωρίς να αποχαιρετήσει, τον διαπέρασε λύπη. Πόσο ήθελε τώρα να βυθιστεί στο φιλί της...

Την ακολούθησε με το βλέμμα μέχρι να εξαφανιστεί μέσα στο σπίτι. Στην πόρτα δεν είχε γυρίσει καν προς το μέρος του.

Ήταν πληγωμένη · αυτό ήταν κάτι που δεν το ήθελε. Σίγουρα δεν το ήθελε ούτα η Μάργκα. Με ένα στεναγμό ξεκίνησε.

Η Μάργα έσκυψε προς τα εμπρός ανάμεσα στα καθίσματα. «Δεν κάνετε ηλίθια πράγματα εσείς οι δύο, έτσι;»

Προτίμησε να μην πει τίποτε επ' αυτού.

«Η κοπέλα την έχει πατήσει μαζί σου · αυτό το βλέπει και ένας τυφλός. Αλλά με σένα τι γίνεται, Κρις;»

«Το εννοώ σοβαρά.» Αναστέναξε ξανά. «Και με αρρωσταίνει το ότι είναι πολύ νέα, για να εκτιμήσει τα συναισθήματά της.» Στρίβοντας στην επόμενη γωνία, έριξε μια ματιά στην Μάργκα. «Μακάρι να το εννοούσε σοβαρά.»

«Δεν σε ξέρω για τέτοιον, Κρις.» Τώρα υπήρχε μια επίκριση στη φωνή της Μάργκα. «Και είναι πολύ μικρή για σένα.»

«Κανείς δεν το ξέρει αυτό προκαταβολικά.» Πίεσε τα χείλη του.

«Κρις!» Αυτό ήταν πραγματική αγανάκτηση. "Είσαι αρκετά μεγάλος για να ξέρεις ότι αυτά είναι παιδιαρίσματα. Ξέρετε ο ένας τον άλλον — πόσο καιρό; Δέκα μέρες;»

«Δύο εβδομάδες». Η καρδιά του καιγόταν. «Υπάρχει αυτό όμως. Αγάπη με την πρώτη ματιά.»

«Ανοησίες!» Η Μάργκα χτύπησε τη γροθιά της στην πλάτη του καθίσματός του. «Είσαι κολακευμένος επειδή ένα κορίτσι σε παρακολουθεί με μάτια σαν της αγελάδας. Έχεις πάθει κιόλας κρίση ηλικίας; Φύγε από το δρόμο της · τίποτα καλό δεν μπορεί να βγει από αυτό.»

Τώρα τέθηκε σε εγρήγορση. «Τι εννοείς με αυτό;»

«Αν φτάσει αυτό στα αυτιά του Ζορζ... Θέτεις σε κίνδυνο ολόκληρη την ομάδα.»

Έβαλε τα γέλια. «Εννοείς ότι θα με πετάξει έξω; Ο Square Dance του κάθεται στο στομάχι, ούτως ή άλλως.»

«Άλλος ένας λόγος για να μην του δώσεις καμία αφορμή.» Φαινόταν να ανησυχεί παραγματικά. «Και μετά δεν θα ξαναδείς και το κορίτσι.»

«Η Μαντελίν θα είναι σύντομα δεκαοκτώ.» Τώρα χρησιμοποιούσε το ίδιο επιχείρημα με κείνη. Αλλά η Μάργκα είχε φυσικά δίκιο, αν ο Ζορζ το έβαζε σκοπό του, θα το επέβαλλε στο Διοικητικό Συμβούλιο... Ακόμα κι αν η ομάδα έφευγε από τη λέσχη μαζί του · αυτό δεν θα ήταν καλό.

Αυτό το πρόβλημα θα προέκυπτε όμως ακόμα και αν η Μαντελίν ήταν δεκαοχτώ. Εάν ο πρόεδρος δεν ανεχόταν τη σχέση μεταξύ τους, θα είχε πολλά μέσα για να τον παιδέψει. Ακόμα δεν είχε κατά πάσα πιθανότητα καν καταλάβει ότι η Μαντελίν προτιμούσε τον Square Dance από τα ερασιτεχνικά μαθήματα.

«Δεν λέω τίποτα. Το μόνο που λέω είναι ότι πρέπει να χρησιμοποιήσεις το κεφάλι σου για να σκεφτείς και όχι το...»

«Δεν κοιμηθήκαμε μαζί! Για ποιον με πέρασες;»

Το πρόσωπο της Μάργκα του μιλούσε με σαφήνεια. Αλλά τον πίστευε · δεν θα έλεγε τίποτα στο συμβούλιο.

Όταν η Μαντελίν μπήκε στην κουζίνα με κρεμασμένους τους ώμους, η Κονστάνζε σέρβιρε σιωπηλά ένα τσάι μέντας, πρόσθεσε μέσα ζάχαρη και έβαλε το φλιτζάνι μπροστά στη μύτη της.

«Λες και είμαι άρρωστη!»

«Άρρωστη ή όχι. Σαν να μου φαίνεσαι ότι χρειάζεσαι λίγο παραχάιδεμα.»

Η Μαντελίν φύσηξε προσεκτικά μέσα στο φλιτζάνι. «Και φυσικά θέλεις να μάθεις τι συμβαίνει.»

«Σε κάποιον θα πρέπει να τα πεις.»

Η Μαντελίν στήριξε τους αγκώνες της στο τραπέζι και πήρε το φλιτζάνι με τα δύο χέρια. «Για ποιο λόγο; Δεν θα οδηγήσει πουθενά.»

«Εσένα κάποιος σε πάτησε γερά.» Η Κονστάνζε γέλασε. «Μάλλον όχι με την πραγματική έννοια...»

Η Μαντελίν ήπιε προσεκτικά το μισό φλιτζάνι προτού πιάσει τη λαβίδα της ζάχαρης και αφήσει άλλο ένα κομμάτι να βουτήξει μέσα.

«Ποιος είναι;»

Η Μαντελίν δεν ήταν έτοιμη να την εμπιστευτεί ακόμα. Ανοιγόκλεισε αθώα τις βλεφαρίδες της.

«Δεν σε έχω δει έτσι ξανά, παιδί μου. Μοιάζει πολύ με τον πρώτο πραγματικά ερωτικό καημό.»

«Ερωτικό καημό!» Η Μαντελίν ρουθούνισε αγανακτισμένη. «Αυτό είναι για εφήβους.»

«Και δεν είσαι πια;»

«Σε έξι εβδομάδες δεν θα μπορείτε να ανακατεύεστε με μας πια. Μόνο να τολμήσετε!»

«Μας!» Η Κονστάνζε έβαλε τα χέρια της στους ώμους της Μαντελίν και την γύρισε προς το μέρος της. «Λοιπόν, ποιος είναι;»

«Ο Κρις!» Δάκρυα ανέβηκαν στα μάτια της Μαντελίν. «Ο Caller.»

«Ο ποιος;»

«Μα, *Maman*! Αυτός που διευθύνει την ομάδα Square Dance.»

Η Κονστάντζε την πίεσε. «Το εννοεί σοβαρά;»

«Τι ξέρω εγώ!» Η Μαντελίν ρουθούνισε. «Είδα πώς αντιδρούσε σε μένα. Αλλά δεν ξέρω τι συμπεράσματα να βγάλω.»

«Σου είπε ότι σε αγαπάει;»

«Όχι. Αλλά... αλλά αυτό είναι κάτι που το νιώθεις.» Ένας λυγμός έκανε το λαιμό της να στενέψει. Δεν καταδέχτηκε να του πει ούτε μια λέξη, όταν κατέβηκε από το αυτοκίνητο. Γιατί όμως ήταν τόσο αποτροπιαστική μαζί του;

«Και τότε γιατί κλαις;»

Η Μαντελίν ακούμπησε κάτω το φλιτζάνι και στήριξε το κεφάλι της στα χέρια. «Είναι όλα τόσο δύσκολα.»

«Πόσο καιρό τον γνωρίζεις; Πραγματικά εννοώ. Είσαι μόλις μερικές βδομάδες στην ομάδα.»

«Αυτό δε μετράει.» Τα μάτια της Μαντελίν άρχισαν να ακτινοβολούν. «Όταν τον είδα για πρώτη φορά... Κοιταχτήκαμε από τη μία άκρη της αίθουσας στην άλλη και νόμιζα ότι η καρδιά μου σταμάτησε. Ξαφνικά η ατμόσφαιρα φάνηκε να ηλεκτρίζεται και... και...» Δεν είχε λέξεις γι' αυτό που είχε αισθανθεί εκείνη τη στιγμή.

«Αγάπη με την πρώτη ματιά, εννοείς;» Η Κονστάντζε χαμογέλασε με επιείκια. «Θα το βιώνεις όλο και πιο συχνά αυτό, που το βλέμμα ενός άνδρα θα κάνει όλες σου τις αισθήσεις να δονούνται. Αυτό δεν είναι αγάπη, αυτό είναι σεξουαλική έλξη. Χημεία. Σ'αυτό πάνω δεν μπορείς να χτίσεις μια ζωή.»

«Και ποια σχέση κρατάει μια ζωή; Λες και μπορείς να το υπολογίσεις αυτό.»

«Λοιπόν.» Η Κονστάντζε κούνησε σχεδόν απειλητικά το δείκτη της. «Δεν έμαθες τίποτε από εμάς; Και από τους γονείς του Μπρούνο;»

«Εσύ και ο Μπρούνο, είστε η εξαίρεση που επιβεβαιώνει τον κανόνα. Ο παππούς δεν αγαπάει πια πραγματικά τη Φριντερίκε εδώ και καιρό. Από τότε που δεν μπορεί πια να χορέψει...» Σαν να ήταν δικό της φταίξιμο το τρομερό ατύχημα.

Η Κονστάντζε την πήρε στην αγκαλιά της και σκούπισε τα δάκρυα από το πρόσωπό της με το πίσω μέρος της παλάμης του χεριού της. «Έχεις αντίρριση να σε πάω εγώ στην επόμενη προπόνηση;»

«Τι;» Η Madeline την κοίταξε χωρίς να καταλαβαίνει. «Γιατί αυτό;»

«Χμ.» Η Κονστάντζε χαμογέλασε πονηρά. «Τώρα που αποφάσισες να κάνεις κάτι μόνιμο με το χορό, ενδιαφέρομαι να δω τι είναι αυτοί οι άνθρωποι.»

«Με κατασκοπεύεις;» Η Μαντελίν έσφιξε τις γροθιές της και προσπάθησε να καταπνίξει το θυμό που μεγάλωνε μέσα της.

«Αν ήθελα να κατασκοπεύσω, δεν θα σου έλεγα τίποτα.»

Έσφιξε τα μάτια της με δυσπιστία. «Θέλεις να μάθεις ποιος είναι ο Κρις.»

«Σε εκπλήσσει αυτό; Δεν έχεις μιλήσει για κανένα αγόρι από αυτά που την έχεις πατήσει μαζί τους, όπως μιλάς γι' αυτόν.»

«Ο Κρις δεν είναι αγόρι!»

Η Κονστάνζε γέλασε με την καρδιά της. «Ακριβώς γι' αυτό.

10

Την επόμενη Τρίτη ο Κρις, για άλλη μια φορά, δεν είχε χρόνο μεταξύ επέμβασης και προπόνησης να κάνει ντους στο σταθμό · τα υγρά μαλλιά θα ήταν εξαιρετικά ανθυγιεινά στις πολικές θερμοκρασίες. Λίγο πριν από την έναρξη της προπόνησης μπήκε στις αίθουσες της λέσχης τυλιγμένος με πλήρη εξάρτηση και μια μυρωδιά καπνού.

Ο Ζορζ ήταν καθισμένος στο γραφείο του μέσα στο γραφείο και έβλεπε το ταχυδρομείο. Και ήταν ημέρα Τρίτη. Γύρισε προς το μέρος του και τον κοίταξε με μια αποδοκιμαστική έκφραση.

«Καλησπέρα, Ζορζ.» Ο Κρις προσπάθησε να αγνοήσει την προαίσθησή του για επερχόμενο κακό. Να τον ρωτούσε γιατί ήρθε;

Ο Μάργκα φόρεσε ένα χαρούμενο χαμόγελο. «Πάλι έσωσες κάποιον, Κρις;»

Για μια στιγμή η αποδοκιμασία ξεθώριασε από το πρόσωπο του Ζορζ. «Από ότι βλέπω, δεν είναι εύκολο να βάλεις στον ίδιο κουβά το επάγγελμά σου με τη δουλειά εδώ.»

«Γίνεται όμως. Σε μερικά λεπτά δε θα μου φαίνεται πια τι κάνω στην υπόλοιπη ζωή μου.» Ο Κρις ψευτογέλασε και σήκωσε ένα μανίκι στη μύτη του. «Και δεν μυρίζει κιόλας πια.» Άρπαξε την τσάντα με τα ρούχα του από το ντουλάπι, πήρε το κλειδί για το ντους από τον τοίχο και άφησε το γραφείο σφυρίζοντας.

Το βλέμμα του Ζορζ τρυπούσε την πλάτη του. Τι σκόπευε ο άνθρωπος;

Όταν βγήκε από το ντους, οι πρώτοι χορευτές στέκονταν

στο μπαρ και ο Ζορζ στο γραφείο είχε γυρίσει την καρέκλα του τόσο πολύ στο πλάι, που τους είχε στο οπτικό του πεδίο. Όπως μια αράχνη που παραμονεύει στον ιστό της. Ακόμη και όταν ήρθε η Μαντελίν, έμεινε να κάθεται εκεί.

Η Μαντελίν τους χαιρέτησε όλους με φιλάκια. Όταν έφτασε στον Κρις, έβαλε τα χέρια στους ώμους του. Μύριζε κανέλα και κάτι γλυκό, σοκολάτα ίσως. Το άγγιγμά της τον ηλέκτρισε · γρήγορα την έσπρωξε μακριά του. «Ο παππούς σου είναι εδώ.»

«Ο ποιος μου;» Τον κοίταξε σοκαρισμένη. «Ο παππούς;»

«Νόμιζες ότι δεν θα το μάθαινα;»

«Είναι εύκολο. Χαρακτηριστικό επώνυμο Ουγενότων.» Η Μαντελίν τέντωσε το πηγούνι της. «Αφού το ξέρουν όλοι εδώ.»

Στράφηκε από την άλλη. «Ξεκινάμε!»

Ο Κρις έκανε προσπάθεια να συγκεντρωθεί. Η σκέψη του αποδοκιμαστικού βλέμματος του Ζορζ δεν τον άφηνε. Μετά από λίγο ήρθε ο Ζορζ και στάθηκε στην πόρτα της σάλας. Παραδόξως, αυτό τον βοήθησε. Ήταν σαν μια πρόκληση · ήξερε πως να την απαντήσει.

Από τα Squares τα βλέμματα πήγαιναν εδώ κι εκεί ανάμεσα σε κείνον και τον Ζορζ. Είχαν παρατηρήσει ότι υπήρχε μια διαμάχη στον αέρα. Η ατμόσφαιρα όλο και φορτιζόταν. Παρά την αυξανόμενη ένταση, κανείς πια δεν έκανε λάθος αυτή τη βραδιά · ακόμα και η ομάδα είχε δεχθεί την πρόκληση.

Ανακουφισμένος ο Κρις έκλεισε τελικά το ηχοσύστημα.

Ο Ζορζ ήταν ακόμα στην πόρτα, απλώθηκε μάλιστα ακόμα περισσότερο. «Είστε πραγματικά καλοί, παιδιά.» Το βλέμμα του έμειναν καρφωμένα στην Μαντελίν. «Είναι κρίμα που σπαταλάτε το ταλέντο σας με αυτήν την τσιγκολελέτα.»

Η Μαντελίν αποκρίθηκε στην πρόκληση πριν προλάβει κανείς άλλος να απαντήσει. «Παππού, το σημαντικό είναι ότι το απολαμβάνουμε.» Κέρδισε μερικά συγχυσμένα βλέμματα · οι άλλοι επομένως δεν ήξεραν ότι ήταν εγγονή του.

Ο Νόρμπερτ ξεφύσηξε αγανακτισμένος ηχηρά, προτού ανοίξει το στόμα του. «Ζορζ, το εκτιμούμε πραγματικά ότι μπορούμε παρόλα αυτά να χορέψουμε σε αυτήν την υπέροχη λέσχη.»

«Θα σε πάρω σπίτι, Μαντελίν». Ο Ζορζ έκανε τελικά ένα βήμα στην άκρη για να μπορέσουν οι χορευτές Square Dance να φύγουν από την αίθουσα. Τη Μαντελίν την πήρε από το χέρι.

Το βλέμμα της πέταξε στον Κρις. Προτού ο Ζορζ γυρίσει προς το μέρος του, κούνησε το κεφάλι του. Σίγουρα δεν θα ήταν καλή ιδέα να μείνουν για εξάσκηση τώρα. Στο γέρο δεν άρεσε καθόλου όλο αυτό που γινόταν. Και ήταν γνωστός για το πείσμα του.

Ίσως δεν ήταν καλή ιδέα ούτως ή άλλως να μείνει μόνος με την Μαντελίν. Σ' αυτήν την πρόκληση ίσως να μην μπορούσε να ανταποκριθεί. Το κορίτσι έμπαινε κάτω από το πετσί του όπως και καμία άλλη πριν.

Ο Μάργκα έβαλε έντονα απασχολημένη τα συνηθισμένα ποτά στον πάγκο του μπαρ.

«Αυτός ο Ζορζ κάτι σκαρώνει.» Ο Νόρμπερτ κατέβασε τη μπύρα του με μια γουλιά και στη συνέχεια πέταξε με δύναμη το κουτάκι στον κάδο πίσω από τον πάγκο του μπαρ. «Δεν ήξερα ότι είναι εγγονή του.»

Ο Χίννερκ κοιτούσε σκεπτικός το ποτήρι του. «Ίσως ήταν λάθος να την παρασύρω προς τα δω από τα ερασιτεχνικά μαθήματα.» Το βλέμμα του διαπέρασε τον Κρις. «Μπορώ να μαντέψω ποιες συνέπειες θα έχει αυτό;»

Ο Κρις κυριεύτηκε από μια απροσδιόριστη αίσθηση ότι δεν μιλούσε για τον Ζορζ. Αλλά τώρα τα πράγματα ήταν όπως ήταν.

Όταν οι χορευτές Square Dance είχαν επιτέλους φύγει, πήγε στο γραφείο για να πάρει την εξάρτησή του. Τότε ακούστηκε η φωνή του Ζορζ από το μπαρ. Είχε επιστρέψει.

Ο Κρις πήρε μια βαθιά ανάσα· ήθελε όλο αυτό να το αντιμετωπίσει όσο πιο γρήγορα γινόταν.

«Τι τρέχει με εσένα και την εγγονή μου, Κρις;» Ο Ζορζ ήθελε την αντιπαράθεση και φερόταν όμως υποκριτικά, σαν να έπρεπε πρώτα να ξεκαθαρίσει κάτι; Φαρισαίος! Αλλά αφού μπορούσε να το κάνει.

«Δεν σου αρέσει το γεγονός ότι η Μαντελίν προτιμά τον Square Dance από τα ερασιτεχνικά μαθήματα. Ξέρω. Πρέπει να τη μεταπείσω;»

«Είτε μένει η Μαντελίν μακριά από τον Square Dance, είτε ψάχνουμε για έναν άλλον Caller.»

«Πιστεύετε ότι έτσι κάνετε χάρη στην Μαντελίν;» Για να είμαστε αντικειμενικοί, ο Κρις ζητούσε τη σωτηρία του στην απόσταση του πληθυντικού ευγενείας.

Ο Ζορζ έγινε χλωμός από θυμό · έσφιξε τις γροθιές του. «Σε αγκάλιασε!»

Έγνεψε καταφατικά αργά. «Συμπαθούμε ο ένας τον άλλο.»

«Μη τολμήσεις! Θα σου κάνω μήνυση, εσύ... εσύ... Playboy.»

«Για ποιο λόγο, κύριε Λαγκράνζε; Γνωρίζω την ευθύνη μου.»

«Η Μαντελίν είναι παιδί. Δεν ξέρει τι είναι καλό γι 'αυτήν.»

«Αν εσείς ξέρετε καλύτερα, τότε σίγουρα θα τα καταφέρετε να την πείσετε.» Ο Κρις έβαλε το σακάκι του. Δεν θα άφηνε να παρασυρθεί σε μια διαμάχη, στην οποία μόνο το κοντύτερο ξυλάκι θα μπορούσε να τραβήξει.

Αλλά θα ήταν σε εγρήγορση. Ο Λαγκράνζε ήταν ικανός για όλα.

Προς το παρόν θα ήταν καλύτερα να έμενε η Μαντελίν μακριά από τον Square Dance. Αλλά δεν μπορούσε να της μιλήσει γι 'αυτό, χωρίς να αποκαλύψει τα βαθιά του συναισθήματα γι' αυτήν. Και τότε δεν θα ήταν διατεθειμένη να κρατήσει απόσταση. Αυτό το κορίτσι δεν γνώριζε από συμβιβασμούς.

Στη σκέψη εκείνης και μόνο μια καταιγιστική επιθυμία έκαψε μέσα του να την κρατήσει στην αγκαλιά του, να τη νιώσει να του ανοίγεται, να τον πλησιάζει γεμάτη προθυμία.

11

«Πριν ή μετά;» Η Μαντελίν έστειλε μήνυμα ηλεκτρονικού ταχυδρομείου πριν από την επόμενη προπόνηση. Ήλπιζε στο μετά. Τότε θα είχε τον Κρις για τον εαυτό της. Το μόνο που έπρεπε να κάνει ήταν να απαλλαγεί από τη Μάργκα, προτού να την πάει στο σπίτι της. Η Μαντελίν έκλεισε τον υπολογιστή. Απλώς δεν θα έβλεπε το ηλεκτρονικό ταχυδρομείο πριν φύγει από το σπίτι. Τότε θα μπορούσε να προσποιηθεί ότι δεν γνώριζε τίποτα και ότι θα προπονούταν μαζί της αργότερα.

Αλλά ο Κρις της διέψευσε τους υπολογισμούς, όταν αμέσως μετά την ώρα της προπόνησης εξαφανίστηκε για βάρδια. Και αυτό, αφού εκείνο το βράδυ είχε συνεχώς κάτι να διορθώσει. Την αμέσως επόμενη φορά συμπεριφέρθηκε με τον ίδιο ακριβώς τρόπο· και σε αμφότερες τις περιπτώσεις δεν είχε απαντήσει καθόλου στο μήνυμα ηλεκτρονικού ταχυδρομείου της.

Αποφάσισε να του αντιπαρατεθεί. Εάν είχε πραγματικά νυχτερινές βάρδιες, θα ήταν σπίτι κατά τη διάρκεια της ημέρας. Μετά το σχολείο, πήγε σ' αυτόν αντί να πάει στο σπίτι.

Άνοιξε την πόρτα του διαμερίσματος χωρίς πρώτα να ρωτήσει ποιος ήταν εκεί. Ξυπόλητος, τα μαλλιά ανακατεμένα, μια σκιά γενειάδας στο πηγούνι και γυμνός κάτω από ένα κιμονό που μετά βίας έφτανε μέχρι τη μέση των μηρών του: Προφανώς είχε μόλις σηκωθεί από το κρεβάτι. Τουλάχιστον δεν της είχε πει ψέματα.

Την κάρφωσε με το βλέμμα.

«Επιτρέπεται να περάσω μέσα;» Ήταν για δάγκωμα. Το σκοτεινό ίχνος λεπτών μαλλιών πάνω στο γυμνό του στήθος δελέαζε να το ακολουθήσει με τα δάχτυλά της. Στη σκέψη αυτή η αναπνοή της επιταχύνθηκε.

Την κοιτούσε ακόμα, αλλά στα μάτια του άρχισε να αστράφτει. Ήξερε τι σκεφτόταν. Και σκεφτόταν το ίδιο.

Τώρα ή ποτέ! Έκανε ένα βήμα πιο κοντά και επειδή εκείνος οπισθοχώρησε μισό βήμα για να κρατήσει απόσταση από κείνη, αυτή βρέθηκε στο διαμέρισμα.

Ακριβώς απέναντι βρισκόταν εντελώς ανοιχτή η πόρτα για την κρεβατοκάμαρά του. Ήταν μεγάλη, αλλά το κρεβάτι του ήταν τόσο στενό, που σίγουρα σχεδόν πάντα κοιμόταν μόνος του σ' αυτό.

Η Μαντλίν τον άρπαξε από τον ώμο. «Τι συνέβη; Γιατί δεν εξασκείσαι μαζί μου πια; Γιατί δεν απαντάς στα μηνύματά μου;»

Το χαμόγελό του ήταν αρκετά αξιολύπητο. «Δεν το χρειάζεστε.»

Στένεψε τα μάτια της. «Από ποια άποψη;» Χα! Η αστραπή στα μάτια του αποδείκνυε ότι ήξερε ακριβώς τι εννοούσε.

Έγειρε πάνω του. Εκείνος κράτησε τα χέρια τεντωμένα, για να μην την αγγίξει. «Και νόμιζα...» Σήκωσε το πρόσωπό της προς αυτόν. «Κρις, σ' αγαπώ.»

Για μια στιγμή στάθηκε εντελώς ακίνητος. Τουλάχιστον δεν την έκανε να φανεί γελοία.

Αλλά την έσπρωξε μακριά του. «Μαντελίν, λογικέψου.»

«Δεν το έχω σκοπό!» Βρόντηξε με το πόδι της. «Πραγματικά, δεν θα το είχα σκεφτεί, ότι είσαι τόσο δειλός.»

Ο Κρις έσφιξε τα δόντια του. Μόνο ένας τρόπος θα υπήρχε να της αποδείξει το αντίθετο. Αν δεν το ήθελε αυτό, θα έπρεπε μάλλον να κρατήσει το στόμα του κλειστό. «Ο παππούς σου είναι έτοιμος να τινάξει ολόκληρη την ομάδα του Square Dance στον αέρα.»

«Δεν το αποφασίζει μόνος του αυτό!» Έσφιξε τα μάτια, για να συγκρατήσει τα δάκρυά της. «Αν κάποιος θέλει κάτι πραγματικά...» Απότομα γύρισε και έφυγε. Αντιλάλησε σε ολόκληρο το σπίτι καθώς χτύπησε την πόρτα.

12

Μετά από αυτό η Μαντελίν δεν πήγε στην προπόνηση. Χωρίς ενημέρωση. Ούτε και τον Χίννερκ είχε ενημερώσει. Αυτό ήθελε να πετύχει ο Κρις για να προστατεύσει την ομάδα. Και τον εαυτό του. Αλλά έλειπε — του έλειπε.

Όλη την ώρα τα διαπεραστικά βλέμματα των χορευτών βρισκόταν πάνω του · όλοι βρίσκονταν κατά το ήμισυ εκεί. Είχε τύψεις. Απέναντι στην ομάδα. Αλλά ακόμα περισσότερο απέναντι στην Μαντελίν. Αλλά θα το ξεπερνούσε. Όσον αφορούσε στον εαυτό του, δεν ήταν παρόλα αυτά τόσο σίγουρος γι 'αυτό.

Λίγο πριν από το τέλος της προπόνησης η φωνή Ζορζ ήχησε προς το μέρος τους στη σάλα.

Σαν από εντολή σταμάτησαν όλοι να χορεύουν.

Ο Κρις επανέλαβε την Call του. Οι χορευτές στέκονταν ακόμα ακίνητοι. «Χρειάζεστε κάποια εξήγηση;»

«Ναι,» απάντησε ο Χίννερκ. «Τι συμβαίνει με σένα και την Μαντελίν;»

«Νομίζω ότι δε σε αφορά.»

«Από ότι φαίνεται, αφορά όλους μας.» Ο Μίκυ στήριξε τις γροθιές στους γοφούς του και ήρθε ένα βήμα πιο κοντά.

Ο Κρις σήκωσε ενστικτωδώς τους ώμους. «Η Μαντελίν δεν ήρθε σήμερα. *So what?* Όλοι έχετε λείψει από μια φορά.»

«Όχι χωρίς να ακυρώσουμε.» Η Τάνια σήκωσε το χέρι της για να αποκλείσει κάθε αντίλογο. «Έχουμε πάρει χαμπάρι ότι του Ζορζ δεν του αρέσει, που η Μαντελίν προτιμά τον Square Dance. Αλλά δεν ήρθε ούτε στα ερασιτεχνικά μαθήματα.»

«Είδατε; Δεν έχει καμία σχέση με μας. Με το διάβασμα του σχολείου θα έχασε την αίσθηση του χρόνου. Ή τη μέρα.»

Ο Χίννερκ έβγαλε το κινητό του από την τσέπη του παντελονιού. «Θα την ρωτήσουμε.»

Ο Κρις ανασήκωσε φαινομενικά αδιάφορα τους ώμους. Η Μαντελίν δεν θα είχε καμία απάντηση για τον Χίννερκ· ήταν πολύ περήφανη και πεισματάρα για κάτι τέτοιο.

Ξαφνικά ο Ζορζ στεκόταν στην κάσα της πόρτας . «Η Μαντελίν δεν είναι εδώ σήμερα;» Ήταν υποκριτικό ή πραγματικά δεν το ήξερε;

«Το απολυτήριο πλησιάζει», εξήγησε ο Νόρμπερτ. «Πάντα έλεγε ότι αυτό βρίσκεται στην πρώτη θέση.»

Η Καρόλα γέλασε χαιρέκακα. «Είναι ωραίο, που είναι σημαντικό για σένα το ότι θα χορεύει τουλάχιστον κάτι.»

Ο Ζορζ γρύλισε. «Δεν έχω έρθει γι' αυτό. Πρέπει να σας μιλήσω.»

«Εντάξει», δήλωσε η Λίντια Άιντεμιρ. «Θα μείνουμε όλοι παραπάνω.» Γύρισε από την άλλη. «Μπορούμε να συνεχίσουμε τώρα, Κρις;» Σαν να μην ήταν η ίδια η ομάδα που είχε διακόψει τον χορό.

Ο Κρις επανέλαβε την τελευταία του Call άλλη μια φορά.

Χόρεψαν αλάνθαστα. Ο Ζορζ τους παρακολουθούσε και όλοι ένιωθαν ότι υπήρχε κάτι που απειλούσε την ομάδα τους.

Ύστερα ο Κρις έκλεισε το στερεοφωνικό. Όλοι έμειναν να στέκονται στις θέσεις τους, στρέφοντας την προσοχή τους στον Ζορζ σαν να ήταν κριτής. Πράγμα το οποίο μάλλον ήταν εκείνη τη στιγμή.

«Σας το είπα και πρόσφατα: Είστε καλοί.» Έσμιξε τα φρύδια και κοίταξε τον Κρις. «Θα έπρεπε να σας δώσουμε την ευκαιρία να εξασφαλίσετε μια τακτική προπόνηση.»

«Μα προπονούμαστε τακτικά», διαμαρτυρήθηκε με όλη τη δύναμη της φωνής της η Καρόλα.

«Τώρα, ναι.» Ο Ζορζ μισόκλεισε τώρα και τα μάτια του.

«Αλλά οι συναντήσεις πηγαίνουν πέρα δώθε. Ακόμα και για τη Μάργκα και τις ομάδες τουρνουά είναι, εξαιτίας αυτού, η οργάνωση πολύ δύσκολη.» Λες και είχε αλλάξει κάτι στις δύο εβδομαδιαίες συναντήσεις τους τα τελευταία δύο χρόνια.

«Τι σχεδιάζεις; Να βεβαιωθείς, ότι ο Κρις θα μπορέσει μπορεί να οργανώσει διαφορετικά τις βάρδιές του;»

«Ζήτησα τις πληροφορίες μου. Η λέσχη θα προσλάβει έναν νέο Caller για σας.»

Του Κρις του έπεσε το σαγόνι. Είχε υποθέσει ότι ο Ζορζ σκάρωνε κάτι προς αυτή την κατεύθυνση · αλλά ότι θα το συζητούσε τόσο ανοιχτά... Ο άνθρωπος κάθε άλλο παρά φοβόταν τις συγκρούσεις.

Ο Νόρμπερτ χαμογέλασε πλατιά. «Δεν ήξερα μέχρι τώρα ότι η λέσχη μας εκτιμά τόσο πολύ!» Το βλέμμα του έκανε έναν γύρο. Υπολόγιζε πόσα περιθώρια ελιγμών είχε η ομάδα. Πολλά, γι᾽ αυτό ο Κρις ήταν σίγουρος. «Αλλά δεν χρειάζεται να μπείτε σε κόπο. Δεν θα μπορούσαμε να έχουμε καλύτερο Caller από τον Κρις.»

«Είναι πολύ κουραστικό». Ο Ζορζ ήχησε ξαφνικά αμυντικός. Ο Κρις προσπάθησε να κρύψει τη διασκέδαση του.

«Έχουμε εξοικειωθεί με τις βάρδιες», αποκρίθηκε ο Μίκυ. «Μια φορά ομάδα, μια φορά ελεύθερη προπόνηση · κανένα πρόβλημα.» Γέλασε κοροϊδευτικά. «Ο Χίννερκ με τις αποστολές του στο εξωτερικό είναι μάλλον πιο πρόβλημα από τον Κρις.»

«Έναν καινούργιο άνδρα; Χρειάζεστε περισσότερους αντικαταστάτες χορευτές;» Είχε καταφέρει ο Μίκυ να απομακρύνει τον Ζορζ από το θέμα; «Τότε θα έχετε σύντομα δυσκολίες με την ύπαρξη της ομάδας.» Τώρα προφήτευσε το τέλος της ομάδας;

Η Καρόλα γέλασε. «Τι έχεις κατά νου, Ζορζ; Πρώτα μας κολακεύεις, τώρα αμφισβητείς τα πάντα;»

Ο Ζορζ κοκκίνησε. Το κορίτσι δεν είχε, ως συνήθως, ευαισθησία · αλλά εδώ του ήταν χρήσιμο. Ο Κρις άρχισε να αισθάνεται μια κρυφή ικανοποίηση να βλέπει τον Ζορζ να μανουβράρεται.

«Δεν αμφισβητώ τίποτα.» Μια σαφής δήλωση · με αυτήν μπορούσαν να τον έχουν δεμένο. «Η λέσχη θέλει να σας οδηγήσει σε μεγαλύτερη επιτυχία.» Και με αυτό μπορούσαν να τον έχουν καρφωμένο γερά. Το πρόσωπο του Νόρμπερτ έλαμψε θριαμβευτικά.

«Αν θέλεις να κάνεις κάτι για εμάς: Χρειαζόμαστε την Μαντελίν σύντομα ως σταθερή χορεύτρια!» Η Μπετίνα Χιντς χάιδεψε το στομάχι της. «Αν μπορούσε να έρχεται τακτικά στην προπόνηση, θα ήταν έτοιμη μέχρι τότε.»

«Η Μαντελίν πρέπει να φροντίσει για το απολυτήριό της.» Ο Ζορζ είχε μάλλον πάλι στερεό έδαφος κάτω από τα πόδια του. «Εκείνη θα ξέρει πόσο ελεύθερο χρόνο μπορεί να διαθέσει.»

Η Τάνια άνοιξε το στόμα της · σίγουρα για να θυμηθεί κάτι από τα δικά της σχολικά χρόνια στο γαλλικό γυμνάσιο.

Ο Κρις σήκωσε απορριπτικά το χέρι του. Ήταν χάσιμο χρόνου να συζητούν με τον Ζορζ. Είχε εντελώς διαφορετικές προθέσεις.

«Έχει δίκιο,» είπε αντ' αυτού. Οι χορευτές του Square Dance τον κοίταζαν σαστισμένοι. «Θα έπρεπε μάλλον να μιλήσουμε με την Μαντελίν γι' αυτό.» Χαμογέλασε στον Ζορζ τόσο ευγενικά, όσο μπορούσε να τα καταφέρει ακόμα. «Ο Ζορζ δεν έχει τίποτα να της πει.»

Ο Ζορζ κοκκίνησε ακόμα περισσότερο στο πρόσωπο. Ενάντια σε αυτό το ξεκάθαρο χαστούκι δεν μπορούσε να κάνει τίποτε, χωρίς να γελειοποιηθεί. Οι άλλοι χαμογέλασαν χαιρέκακα.

«Τότε όλα ξεκαθαρίστηκαν.» Η Τάνια κρέμασε την τσάντα της πάνω από τον ώμο. «Πρέπει κι εγώ να ξεσκιστώ για τις εξετάσεις της σχολής την επόμενη βδομάδα.» Στράβωσε το πρόσωπό της. «Στατική · όλα μαθηματικά.»

Η ομάδα διαλύθηκε χωρίς, ενάντια σε όλα τις συνήθειες, κουβεντούλα στο μπαρ. Ο Κρις αναρωτήθηκε τι θα σκαρφιζόταν ο γέρος στη συνέχεια.

13

Τρεις ημέρες αργότερα το έμαθε: έλαβε μια συστημένη επιστολή με μια κλήτευση. Κατά τη διάρκεια της ανάκρισης του στο τμήμα ο Κρις άκουγε την Μαντελίν να μαίνεται, καθώς καταστούσε σαφές, ότι δεν είχε συμβεί τίποτα μεταξύ τους. Ήταν γελοίο · φυσικά.

Αλλά την επόμενη φορά που ήρθε στην προπόνηση, τον σταμάτησε ο Ζορζ στην είσοδο. Πήρε μια ανήσυχη έκφραση, σαν να είχε κάτι να λυπηθεί. «Λυπάμαι, Κρις. Αλλά δεν μπορούμε να σε απασχολούμε περαιτέρω, εφόσον δεν έχει εξαλειφθεί η υποψία εναντίον σου. Σε περίπτωση που αυτό βγει παραέξω...» Ο Ζορζ θα φρόντιζε σίγουρα γι' αυτό. «Αρκετά από τα κορίτσια είναι ανήλικα, η ευθύνη μας απέναντι στις οικογένειες...»

Ο Κρις τον άφησε σιωπηλό. Θα έβλεπε τώρα πως θα το εξηγούσε αυτό ο Ζορζ στους χορευτές Square Dance.

Δεν είχε προλάβει να κατέβει ακόμα τις σκάλες, όταν χτύπησε το κινητό του. Ήταν ο Νόρμπερτ. «Κρις, περίμενέ μας σε παρακαλώ! Ερχόμαστε αμέσως στην παμπ.»

Τώρα θα έπρεπε να τα διηγηθεί όλα στην ομάδα, ώστε να καταλάβουν τι σκάρωνε πραγματικά ο Ζορζ. Το να ρεζιλέψει σε τέτοιο βαθμό τον παππού της Μαντελίν, ήταν κάτι που θα απέφευγε ευχαρίστως — αλλά στην τελική δεν ήταν δικό του πρόβλημά αν ο Ζορζ μπορούσε να κρατήσει τον εαυτό του στο διοικητικό συμβούλιο ή όχι. Ο άνθρωπος ήταν απλώς πολύ γέρος, για να μπορεί ακόμα να αντιλαμβάνεται τον κόσμο.

Οι χορευτές Square Dance μπήκαν στην παμπ με βλοσυρό ύφος. Ένωσαν μερικά τραπέζια και ο Νόρμπερτ τράβηξε τον Κρις στην καρέκλα δίπλα του.

«Μόλις τηλεφωνήθηκα με τον πρόεδρο των «Berlin Bears», μας δέχονται μέλη όλους οποιαδήποτε στιγμή.» Ψευτογέλασε πλατιά. «Το μόνο που πρέπει να κάνουμε είναι να φέρουμε το δικό μας Caller, εάν θέλουμε να συνεχίσουμε να χορεύουμε ως ξεχωριστή ομάδα.»

«Θέλετε να αφήσετε τη λέσχη;»

Η Τάνια έτριψε το δάχτυλό της στην άκρη του ποτηριού της και το έκανε να τραγουδήσει. Καρφώθηκε πάνω του, καθώς μιλούσε. «Αχ όχι· αυτό θα ήταν πολύ ηλίθιο. Ο Άξελ θα ξίνιζε. Και οι γονείς μας σίγουρα δεν θα είχαν καμία κατανόηση ως προς το να μου πληρώνουν συνδρομή για δύο λέσχες.» Σήκωσε το βλέμμα της. «Αυτό που ανησυχεί περισσότερο από όλα τον Ζορζ είναι το ότι θέλει να απαλλαγεί από εμάς.»

«Αυτό πάντα το ήθελε!» Ο Χίννερκ γρύλισε. «Τώρα έχει και μια πρόφαση.»

«Αλλά ο Βέρνερ δεν θα θέλει να μας απαρνηθεί. Στην τελική ξέρει πόσα φέρνουν οι εμφανίσεις μας στο σύλλογο.» Η Αντρέα Φάλσχαγκεν δεν είχε μιλήσει άλλη φορά σε αυτήν την ομήγυρη. Η ξαφνική ζωντάνια της ήταν εντυπωσιακή.

«Δεν δουλέυω με κανέναν άλλον Caller, Κρις.» Ο Μίκυ έγνεψε σθεναρά. «Κανείς από εμάς.»

Ο Κρις κοίταξε την Σόνια Κράμερ και την Κάρεν Βέχτερ. «Ο Ζορζ θα ενημερώσει τους γονείς σας για τη μήνυση. Και τότε η ομάδα δεν θα μπορεί να κρατηθεί.»

«Εννοείς, ότι οι γονείς μας τότε θα μας απαγορεύουν να συνεχίσουμε να χορεύουμε μαζί σου;» Η Σόνια χαχάνισε. «Τότε δεν ξέρεις καλά τους γονείς μας! Μας εμπιστεύονται.»

«Άλλωστε, κανείς δεν πιστεύει μια τέτοια μπούρδα.» Ο Μίκυ ρουθούνισε αγανακτισμένος.

Αλλά το βλέμμα του Χίννερκ έμεινε πάνω του συλλογιστικό. «Κάτι κρύβεται πίσω από αυτό. Τι είναι, Κρις;»

«Η Μαντελίν.»

«Είναι ικανός για τέτοια μέσα ώστε να την τραβήξει έξω από την ομάδα;» Τα μάτια της Κάρολ σπινθηροβολούσαν θυμό. «Μα αφού δεν χορεύει μαζί μας πια! Τι άλλο θέλει;»

Ο Κρις κούνησε το κεφάλι του. «Είναι κι άλλα. Εγώ...» Τι άλλο θα μπορούσε τώρα να πει; Ότι και να έλεγε · σίγουρα θα το παρεξηγούσαν. «Δεν έχει να κάνει μόνο με το χορό.»

Του Χίννερκ το στόμα έμεινε ανοιχτό. Έχοντας ακούσει καθαρά, το έκλεισε ξανά και πίεσε τα χείλη του μεταξύ τους. Οι υπόλοιποι είχαν μείνει με τα πρόσωπα έκπληκτα · μόνο ο Νόρμπερτ έγνεψε, σαν να το ήξερε.

«Κρατιέμαι στους κανόνες.» Ο Κρις άδειασε αργά το ποτήρι του. «Αλλά παρόλα αυτά... είναι απλώς μια δύσκολη κατάσταση.»

«Η οποία σε κάθε περίπτωση αφορά τους γονείς της Μαντελίν, όχι τον Ζορζ. Είναι το κορίτσι...» Ο Νόρμπερτ μειδίασε. «Είναι πολύ ξέγνοιαστη, η μικρή. Σου την πέφτει;»

Το πρόσωπο του Κρις άρχισε να καίει. «Προσπαθώ να την κρατήσω σε απόσταση».

«Φαίνεται αυτό!» Ο Χίννερκ του έβγαλε τα νύχια. «Τον τελευταίο καιρό ήσουν πολύ απαίσιος μαζί της. Αναρωτιόμουν τι σήμαινε αυτό.» Γρύλισε. «Αυτός δεν είναι κομψός τρόπος.»

«Ναι; Και τι έπρεπε να κάνω κατά τη γνώμη σου; Αν δεν την κρατήσω μακριά μου, τότε...» Τα δάχτυλα του Κρις αγκυλώθηκαν γύρω από το ποτήρι.

«Πρέπει να της τα πεις καθαρά και ξάστερα. Της δημιουργούνται ψευδείς ελπίδες.» Ο Χίννερκ εξοργιζόταν όλο και πιο πολύ.

Η Τάνια γέλασε ψυχαγωγημένη. «Είμαι σίγουρη ότι αυτό δεν το κάνει.» Σήκωσε τα φρύδια της όταν αντιλήφθηκε το εκνευρισμένα βλέμμα του Χίννερκ. «Θέλω να πω, ότι οι ελπίδες της Μαντελίν τόσο λάθος δεν είναι.» Κοίταξε όλους έναν έναν και μειδίασε όλο και πιο πλατιά. «Μα κοιτάξτε τον Κρις. Έτσι μοιάζει ένας ερωτευμένος άνθρωπος!» Για μια στιγμή ο θρίαμβος για την ανακάλυψή της έμεινε στο πρόσωπό της. Αλλά μετά το χαμόγελο εξαφανίστηκε. «Μόνο, πόσο μακριά μπορεί να τραβήξει αυτό;»

«Πόσο μακριά να τραβήξει;» Ο Κρις εξέπνευσε. «Έχω τα διπλάσια χρόνια της.»

«Οχό! Αν το σκέφτεσαι αυτό, τότε είσαι πραγματικά ερωτευμένος!», είπε ο Νόρμπερτ.

Ο Κρις ακούμπησε το ποτήρι του και σηκώθηκε απότομα. «Έχω πρωινή βάρδια.»

Η Τάνια του έτεινε το χέρι. «Κρις, δεν υπάρχουν εγγυήσεις στην αγάπη. Δεν έχει σημασία πόσο καλές φαίνονται οι προϋποθέσεις.»

Αλλά στην περίπτωση αυτή οι συνθήκες ήταν κακές. Ή μήπως όχι; Η επαγγελματική επιθυμία της Μαντελίν τους συνέδεε, πολύ περισσότερο από τον χορό. Υπήρχαν όνειρα που θα μπορούσαν να μοιραστούν... Εργασία στο εξωτερικό, ο ενθουσιασμός με τους «Γιατρούς χωρίς σύνορα»...

Καθώς ο Κρις έξυνε με ξυλιασμένα δάχτυλα τον πάγο από το παρμπρίζ, βγήκε από την παμπ ο Χίννερκ. Μετά από μερικά βήματα προς το μετρό γύρισε. Έγειρε στο καπό και τον κοίταξε.

Τελικά ο Κρις έχασε την υπομονή του. «Δεν στέκεσαι εδώ επειδή θέλεις να ξεπαγιάσεις τα πόδια σου.»

«Στέκομαι εδώ επειδή δεν μου κάνει κέφι η Μπετίνα για παρτενέρ χορού.»

Ο Κρις σταμάτησε να ξύνει. «Πως;»

«Σωστά άκουσες. Θέλω να χορεύω με την Μαντελίν και όχι με την Μπετίνα. Το ξέρει κι εκείνη — η Μπετίνα, εννοώ.»

«Και γιατί το λες τώρα;»

«Προσπαθείς εδώ και βδομάδες να διώξεις την Μαντελίν. Γι' αυτό δεν έρχεται στην προπόνηση · όχι λόγω του απολυτηρίου.»

«Δεν θα ήθελα τίποτα περισσότερο από το να κρατήσω την Μαντελίν στον Square...» αναφώνησε ο Κρις.

«Αλλά;»

Ο Κρις σκούπισε τον πάγο από τον ξύστη. «Χωρίς αλλά. Μόνο...» Το άγρυπνο βλέμμα του Χίννερκ τον εκνεύριζε όλο και περισσότερο. «Δεν είναι καλό». Συνέχισε ξανά το ξύσιμο του πάγου.

Ο Χίννερκ φαινόταν να τον περιμένει να συνεχίσει. Αλλά ο Κρις συνέχισε πεισματικά να ξύνει το παρμπρίζ του εδώ κι εκεί.

«Είσαι σοβαρός μαζί της;»

Ο Κρις σήκωσε το βλέμμα του. «Τι εννοείς με αυτό;»

«Ερωτεύτηκα κι εγώ την Μαντελίν. Είναι τόσο... ένα τόσο μαγικό κορίτσι.» Το πρόσωπο του Χίννερκ σκοτείνιασε. «Γι' αυτό δεν το ανέχομαι να της κάνεις καψώνια.»

Ο Κρις κούνησε το κεφάλι του. «Δεν κάνω καψώνια σε κανέναν. Και ασφαλώς όχι στην Μαντελίν.»

«Ενώ τα άλλα κορίτσια τα ξεπετάς με ένα ανοιγόκλειμα του ματιού, σε εκείνη καταλογίζεις!»

«Και μόνο που τη βλέπω...» Τα μάτια του Κρις άρχισαν να καίνε. Έσφιξε τα δόντια του, για να μη φανεί ότι δεν ήταν από το κρύο.

Ο Χίννερκ έσκυψε πάνω από το καπό και τον σταμάτησε από το ξύσιμο του πάγου. «Κι εσύ το ίδιο!»

Ο Κρις έσκυψε το κεφάλι του.

Ο Χίννερκ του τράβηξε στιγμιαία βίαια το μπράτσο και στη συνέχεια τον απελευθέρωσε. «Έλεος πια! Είσαι μεγάλος άνθρωπος, Κρις! Πες της τι συμβαίνει! Μίλα μαζί της, αλλά μην τη διώχνεις. Μην την κάνεις δυστυχισμένη.»

«Και τι πρέπει να της πω; Κατά τη γνώμη σου;» Άνοιξε την πίσω πόρτα του αυτοκινήτου και πέταξε την ξύστρα του πάγου στο πάτωμα. «Μπες μέσα, Χίννερκ. Θα σε πάω σπίτι. Διαφορετικά, θα γίνεις παγοκολώνα εδώ.»

«Ευχαριστώ · λάθος κατεύθυνση.» Ο Χίννερκ έκανε ένα βήμα

μακριά από το αυτοκίνητο και σήκωσε το χέρι του για να χαιρετήσει. Ο Κρις τον παρακολουθούσε μέχρι να εξαφανιστεί στον σταθμό του μετρό. Θα ταίριαζε καλά με την Μαντελίν. Ήδη η σκέψη του πως χόρευε ο Χίννερκ μαζί της πονούσε τόσο, που ήταν σχεδόν αφόρητο. Αν δεν αισθανόταν υποχρεωμένος απέναντι στην ομάδα, θα πακετάριζε τα πράγματα του και θα εξαφανιζόταν. Το όλο θέμα με το Βερολίνο ξεχασμένο. Η Μαντελίν ξεχασμένη.

14

Η Μαντελίν μαινόταν ακόμα, όταν ήρθαν οι παππούδες για δείπνο. «Παππού, νόμιζες ότι θα περνούσε το δικό σου; Ή ότι δεν θα το μάθαινα; Είναι πραγματικά ασχρό αυτό που έκανες!»

Ο Μπρούνο έπεσε από τα σύννεφα. «Πώς μιλάς στον παππού;»

Η Κονστάνζε στάθηκε πίσω από την Μαντελίν. «Έχει δίκιο. Είναι εξωφρενικό αυτό που έκανε ο Ζορζ.»

«Μα τι στο έλεος έχει γίνει;»

«Άσχημη δυσφήμιση λέγεται αυτό. Εμμονή καταδίωξης!» Η Μαντελίν έσπρωξε την Κονστάνζε στην άκρη και βγήκε έξω. Ίσως δεν ήταν δίκαιο να την αφήσει να εξηγήσει τα πάντα · αλλά θα του τα ξέσκιζε τα μάτια του παππού, προτού προλάβει να ανοίξει το στόμα του.

Έμεινε για μια στιγμή διστακτική στο χολ. Στη συνέχεια έβαλε μπότες και παλτό και έτρεξε έξω από το σπίτι.

Χιόνιζε και πάλι και ο αέρας ήταν καθαρός και φρέσκος. Έθεσε τον εαυτό της σε κίνηση και έκανε τζόγκινγκ μια φορά το γύρο του οικοδομικού τετραγώνου. Όταν έφτασε ξανά μπροστά στην εξώπορτα, το VW Passat των παππούδων ήταν ακόμα εκεί · φυσικά — είχαν έρθει για φαγητό. Και είχαν μια συζήτηση να κάνουν.

Παρά τις χοντρές μπότες, τα πόδια της είχαν κρυώσει και το πρόσωπό της έκαιγε. Αλλά δεν υπήρχε καμία εγγύηση ότι ο Μπρούνο θα της επέτρεπε να αποσυρθεί στο δωμάτιό της. Τράβηξε το κασκόλ της ψηλά πάνω στο πρόσωπό της και συνέχισε να κάνει τζόγκινγκ.

Και ξαφνικά βρισκόταν μπροστά από το σπίτι, που έμενε ο Κρις. Αλλά δεν μπορούσε να πάει στο διαμέρισμά του · αν κάποιος την έβλεπε! Παγωμένη πήγαινε πέρα δώθε χτυπώντας τα πόδια της στο έδαφος.

Ο παππούς μπορεί να είχε μισθώσει έναν ντετέκτιβ · ικανό τον είχε. Καλά αυτός δεν φοβόταν τίποτα. Απέναντι πολλά παράθυρα ήταν έντονα φωτισμένα: Εκεί θα μπορούσε κάποιος να παραφυλάει πίσω από μια κουρτίνα. Αλλά και τι, δεν έπρεπε να τον δει; Κι αν ήταν κάποιος στο κλιμακοστάσιο του Κρις;... Είχε σίγουρα πολύ μεγάλη φαντασία.

Συνέχισε να κάνει τζόγκινγκ πέρα δώθε · τώρα κάθε φορά μέχρι την επόμενη διασταύρωση. Το κρύο στο μεταξύ σκαρφάλωνε μέσα από τη φούστα της. Σίγουρα ήταν είκοσι βαθμοί κάτω από το μηδέν. Τουλάχιστον. Χρήματα δεν είχε πάρει καθόλου μαζί της · οπότε δεν μπορούσε να ζεσταθεί σε μια κάποια παμπ και ταξί δεν περνούσαν από εδώ.

Κοίταξε άλλη μια φορά γύρω της. Κανείς δεν βρισκόταν στο δρόμο. Και αν κάποιος την έβλεπε να μπαίνει μέσα — πώς θα μπορούσε να ξέρει ότι πήγαινε στον Κρις; Αν την αναγνώριζε κανείς γενικά με το καμουφλαρισμένο της πρόσωπο.

Χτύπησε το κουδούνι. Δεν ακούστηκε κανένας βόμβος ανοίγματος πόρτας και το θυροτηλέφωνο παρέμεινε σιωπηλό. Και αν δεν ήταν καν σπίτι;

Πίεσε όλα τα κουδούνια · τόσο νωρίς το βράδυ σίγουρα θα άνοιγε κάποιος από τους γείτονες. Τελικά έτριξε το θυροτηλέφωνο και μια βραχνή γυναικεία φωνή απάντησε.

«Έχω ένα σημαντικό μήνυμα για τον κύριο Ράινχαρτ», είπε ψέμματα η Μαντελίν. «Μπορώ να το ρίξω στο γραμματοκιβώτιο;»

Πρώτα υπήρξε μια γκρίνια, ύστερα βούηξε το άνοιγμα της πόρτας.

Ανακουφισμένη η Μαντελίν έσπρωξε την πόρτα. Άνετη ζεστασιά την τύλιξε.

Και τι έκανε τώρα εδώ; Ο Κρις προφανώς δεν ήταν σπίτι. Κάθισε στη σκάλα δίπλα στο θερμαντικό σώμα και έβγαλε τα γάντια της, για να ζεστάνει τα δάχτυλά της στο καλοριφέρ. Πρώτα να ξεπάγωνε· μετά θα ήταν αρκετά αργά για να συναντήσει τους παππούδες της, όταν θα έφτανε σπίτι.

Η ζεστασιά την έκανε να νυστάζει. Ακούμπησε στο καλοριφέρ και λαγοκοιμήθηκε. Έπρεπε ακόμα να κάνει τις εργασίες της για το σχολείο, όταν θα γύριζε στο σπίτι. Στο μυαλό της διατύπωνε τις πρώτες προτάσεις για το δοκίμιο σχετικά με την πολιτική του Οργανισμού Αμερικανικών Κρατών. Ας ελπίσουμε ότι δεν θα τις ξέχναγε πάλι.

Πετάχτηκε όταν άνοιξε η εξώπορτα. Ο Κρις την κοίταξε για μια στιγμή με αμφιβολία. «Μαντελίν!» Με δύο γρήγορα βήματα στάθηκε μπροστά της και τη σήκωσε ψηλά.

Η υγρασία λαμπύριζε στις βλεφαρίδες του· χιόνι έλιωνε στους ώμους του. Στη μυρωδιά του άφτερ σέιβ του ανακατευόταν η καυστική μυρωδιά του καπνού και στο πρόσωπο είχε έναν μεγάλο μώλωπα.

Η Μαντελίν άπλωσε το χέρι της προς αυτόν. «Είχες ένα ατύχημα!»

Γέλασε βραχνά. «Μόνο μια γρατζουνιά. Ένα δοκάρι, που δεν μπόρεσα να αποφύγω αρκετά γρήγορα.»

«Η δουλειά σου είναι επικίνδυνη.» Ακουγόταν σχεδόν πανικοβλημένη· πόσο ανάρμοστο.

***

Ο Κρις άκουσε τον πανικό στη φωνή της. Πόση ώρα τον περίμενε; Ήξερε τις βάρδιές του — φοβόταν για εκείνον; Ο λαιμός του στένεψε από συγκίνηση.

Πήρε το χέρι της από το πρόσωπό του και φύσηξε ένα φιλί στην παλάμη. «Ανησυχείς για μένα;»

Δεν χρειάζεται να απαντήσει· το βλέμμα της τα έλεγε όλα.

Αυτό το κορίτσι ήταν απλώς απίστευτο. Έκλεισε για μια στιγμή τα μάτια για να θέσει τα συναισθήματά του υπό έλεγχο.

Εκείνη εκμεταλλεύτηκε την ευκαιρία, τεντώθηκε προς το μέρος του και τον φίλησε. Απαιτητικά πίεσε τη γλώσσα της ανάμεσα στα χείλη του · της παραδόθηκε και την άφησε να εισέλθει.

Την έπιασε από τους ώμους και την πίεσε πάνω του. Αλλά τα παχιά παλτά της εμπόδισαν τα σώματά τους να ακουμπήσουν και ξαφνικά δεν μπορούσε να το αντέξει αυτό πια. Έχωσε το χέρι του στην κουκούλα της, βρήκε την ούγια του πουλόβερ και έσφιξε με τις άκρες των δακτύλων του την κλείδα της.

Η Μαντλίν απάντησε με ένα ψίθυρο, που ερχόταν από τα βάθη του λαιμού της και τον ερέθισε υπερβολικά.

Αναπνέοντας βαριά απελευθερώθηκε από το φιλί της. «Θα σε πάω σπίτι.»

Η Μαντελίν τουρτούρισε.

«Κρυώνω. Έχω παγώσει εντελώς.»

Έγνεψε. «Αυτό δεν με εκπλήσσει.»

«Δεν μπορώ πρώτα να ζεσταθώ σε σένα;» Τα μάτια της άστραφταν · είχε υστερόβουλα κίνητρα. Τι φαντάζόταν; Ότι θα μπορούσε να τον αποπλανήσει; Είχε μάλλον δίκιο.

«Όχι!» Την πήρε από το χέρι. «Ανήκεις στο κρεβάτι με μία θερμοφόρα. Στο σπίτι.» Όταν προέταξε μουτρωμένη το κάτω χείλος της, εκείνος μισόκλεισε τα μάτια του και κατέφυγε σε μια οργισμένη νουθεσία. «Πώς θέλεις να βάλεις κάτι στο κεφάλι σου, αν είσαι πάρα πολύ άρρωστη για να μελετήσεις;»

Αυτό βοήθησε μάλλον, επειδή έγνεψε παραδομένη. «Ίσως να έχεις δίκιο.»

Την έπιασε από τον ώμο και της τράβηξε την κουκούλα πάνω από τα μαλλιά. «Έλα · είναι ακόμα ζεστά στο αυτοκίνητό μου.»

Η Μαντελίν τρύπωσε στο παλτό της και έκρυψε τα χέρια της κάτω από τις μασχάλες καθώς περπατούσε προς την εξώπορτα δίπλα του. Είχε χαμηλώσει το κεφάλι και δεν είπε άλλη λέξη, μέχρι που εκείνος σταμάτησε μπροστά από το σπίτι των γονιών της.

Κοίταξε γύρω· ύστερα έδειξε ένα από τα μισοχιονισμένα αυτοκίνητα. «Οι παππούδες μου είναι ακόμα εδώ.» Αναστέναξε και άγγιξε τη λαβή της πόρτας. Αλλά τότε γύρισε πίσω και του έδωσε ένα γρήγορο φιλί στο μάγουλο. «Νύχτα, Κρις. Την επόμενη φορά θα ξανάρθω στην προπόνηση.»

Μόνο που εκείνη τη στιγμή δεν υπήρχε προπόνηση.

Προτού φτάσει στην εξώπορτα, εκείνη άνοιξε. Το ογκώδες περίγραμμα του Ζορζ στεκόταν εκεί στο πλαίσιο. Αναστενάζοντας ο Κρις έβαλε ξανά μπροστά τον κινητήρα.

15

Η Μαντελίν περνώντας αμίλητη δίπλα από τον Ζορζ μπήκε στο σπίτι. Την παρακολουθούσε, καθώς έβγαζε στο διάδρομο τις μπότες και το παλτό.

«Πού ήσουν;»

Προέταξε το κάτω χείλος της. «Περίπατο.»

«Με αυτόν τον καιρό!»

Η Μαντελίν ανασήκωσε τους ώμους, κρέμασε το μουσκεμένο παλτό σε μια κρεμάστρα και το κουβάλησε στο μπάνιο.

Και ναι πραγματικά έτρεξε από πίσω της. «Είδα από το παράθυρο της κουζίνας ότι βγήκες από το αυτοκίνητο του Κρις. Αυτό το αποκαλείς περίπατο;»

«Δε σε αφορά αυτό, παππού!» Έσφιξε τις γροθιές της, για να ελέγξει την οργή της. «Δεν έχεις τίποτα να μου πεις!»

«Όταν πρόκειται για θέματα της λέσχης, είμαι υπεύθυνος για σένα.» Έβαλε τις φωνές. «Δεν θα αφήσω να καταστραφεί η φήμη της λέσχης μου από ένα τυχάρπαστο αμερικανάκι.»

Της λέσχης του! Πότε έγινε τόσο εγωιστικός; Η Μαντελίν του έριξε ένα βλέμμα που πετούσε σπίθες. Δεν ήταν δική του δουλειά το τι έκανε ο Κρις στον ελεύθερο χρόνο του.

Πήρε το πιστολάκι από το ντουλαπάκι του μπάνιου και κάθισε στην άκρη της μπανιέρας για να στεγνώσει τα μαλλιά της. Στο πιο ζεστό επίπεδο, το πιστολάκι ήταν τόσο δυνατό, που εκείνος θα έπρεπε να φωνάξει για να καταφέρει να ακουστεί.

Την παρακολούθησε για μια στιγμή και μετά έκανε μεταβολή και επέστρεψε στην κουζίνα.

Η Μαντελίν πήρε το χρόνο της. Όταν τα μαλλιά ήταν στεγνά, τα βούρτσισε εκτενώς και τελικά τα έπλεξε σε μια χοντρή πλεξούδα. Στη συνέχεια σκούπισε την τρεγμένη μάσκαρα και ενυδάτωσε τα μάγουλά της, που είχαν κοκκινίσει από το κρύο. Τα χείλη της ήταν σκασμένα, κι έτσι δεν της φαινόταν ότι είχε φιληθεί. Απάντησε στην αντανάκλασή της στον καθρέφτη με ένα κούνημα του κεφαλιού. Δεν είχε φιληθεί · είχε φιλήσει.

Το χασομέρι δεν ωφελούσε. Ο παππούς φαινόταν αποφασισμένος να περιμένει μέχρι να αναδυθεί ξανά από το μπάνιο. Ίσως ακόμα και να μην ήταν σοφό να τον αφήσει μόνο του με τους άλλους. Όρθωσε το ανάστημά της και βγήκε από το μπάνιο. Στο διάδρομο άλλαξε τις παντόφλες της με άλλες με ψηλά τακούνια, για να φαίνεται ακόμα πιο ψηλή.

Η Κονστάνζε στεκόταν δίπλα στην κουζίνα και έριχνε νερό για τσάι με βότανα. «Τώρα σου χρειάζεται κάτι καυτό.» Με το δεξί χέρι ακόμα στο βραστήρα έσπρωξε ένα φλιτζάνι προς την Μαντελίν. Αυτό ήταν ένα χωρίς λόγια μήνυμα, ότι βρισκόταν, όπως πάντα, στο πλευρό της.

Η Μαντελίν έβγαλε ένα κουτάλι και το μέλι από το ντουλάπι. «Είσαι ένας θησαυρός, Maman.» Στάθηκε δίπλα της καθώς ρουφούσε σιγά-σιγά το ζεστό τσάι. Ένα κοινό μέτωπο ενάντια στον παππού. «Μου έχετε αφήσει περίσσευμα από το φαγητό;»

Η Κονστάνζε έδειξε το ψυγείο. «Αλλά θα πρέπει να το ζεστάνεις μόνη σου.»

«Μα φυσικά.»

Ο Ζορζ κοίταζε μια τον Μπρούνο και μια την Κονστάνζε και φαινόταν να είναι απασχολημένος με το πως θα διερευνούσε την κατάσταση · αλλά δεν είπε τίποτα. Είχε καταφέρει η Κονστάνζε να πάρει τον Μπρούνο με το μέρος της;

Μετά την αποχώρηση των παππούδων, η Κονστάνζε γέμισε ένα πιάτο με λαχανικά και κρέας και το έβαλε στο φούρνο μικροκυμάτων.

Ο Μπρούνο άνοιξε στο συρτάρι και έβγαλε τα μαχαιροπήρουνα. «Τι έκανες στ' αλήθεια;»

Η Μαντελίν μπήκε στον πειρασμό να του διηγηθεί οτιδήποτε, αλλά η Κονστάνζε της σήκωσε προειδοποιητικά τα φρύδια. «Πήγα για τζόγκινγκ. Και μετά έκανε πολύ κρύο για να γυρίσω τρέχοντας όλη τη διαδρομή για το σπίτι.» Τώρα δίστασε όμως για μια στιγμή. «Ξέρω πού μένει ο Caller της ομάδας Square Dance. Και έτσι τον άφησα απλώς να με φέρει σπίτι.»

«Και τίποτε άλλο;» Ο Μπρούνο ήταν ακόμη καχύποπτος· μα είχε και δίκιο.

Η Μαντελίν αναστέναξε. «Αν εξαρτιόταν από μένα...»

Το βλέμμα της Κονστάνζε της έλεγε ότι έπρεπε καλύτερα να εξομολογηθεί στον Μπρούνο.

«Τον αγαπώ!» Δάκρυα ανέβηκαν στα μάτια της. «Αλλά εκείνος Δεν ξέρω. Με απέρριψε. Για άλλη μια φορά.»

«Για άλλη μια φορά;» Ο Μπρούνο ύψωσε τον τόνο της φωνής του. «Αυτό σημαίνει ότι του ρίχτηκες;»

«Ήμουν σίγουρη...» Ένας λυγμός την έκανε να τραυλίσει. «Ο Κρις ισχυρίζεται ότι είναι ο προπονητής μου και ότι είμαι πολύ νέα. Παρόλα αυτά...»

«Το χειρίζεται έξυπνα, μικρή», είπε η Κονστάνζε. «Δεν έχεις συνειδητοποιήσει ότι τον ρίχνεις στην πυρά; Ο παππούς σου δεν έχει αίσθηση του μέτρου.»

«Πόσο χρονών είναι τελικά αυτός ο Κρις;» Ο Μπρούνο εντελώς πρακτικός.

Η Μαντελίν σήκωσε τους ώμους. «Δεν ξέρω. Και μου είναι αδιάφορο.»

Τα μάτια του Μπρούνο στένεψαν. «Άρα φανερά μεγαλύτερος. Και τι λόγου είναι αυτός;»

«Μπαμπά! Με ανακρίνεις λες και είναι υποψήφιος γαμπρός.»

«Δεν είναι;... Αν το έβλεπες σοβαρά...»

«Εργάζεται στην πυροσβεστική υπηρεσία, Μπρούνο. Μου το είπε ο πατέρας σου.» Η Κονστάνζε χαμογέλασε και ξαφνικά φαινόταν διασκεδασμένη. «Ίσως να τον συνδέουν με την Μαντελίν περισσότερα από το χορό. Είναι τραυματιοφορέας.»

«Έχει εκπαίδευση Paramedic», πρόσθεσε η Μαντελίν.

Ο Μπρούνο έπιασε το ποτήρι του κρασιού του και άδειασε σ' αυτό το μπουκάλι. Αντιπερισπασμός ή χρόνος για σκέψη; «Φαίνεται σίγουρα ότι είναι ένας άνθρωπος, που έχει την αίσθηση της ευθύνης.» Πήρε το χέρι της Μαντελίν και το κράτησε σφιχτά. «Εσύ, παρόλα αυτά, δεν θα τρέχεις από πίσω του. Θα σου το πει, εάν ενδιαφέρεται για σένα.»

«Εγώ...»

Ο Μπρούνο την διέκοψε με μία απότομη κίνηση. «Μη γελειοποιήσεις τον εαυτό σου. Επιπλέον... μάλλον θα σε περιφρονούσε.»Το βλέμμα του στράφηκε στην Κονστάνζε. «Η αγάπη λειτουργεί διαφορετικά.»

«Αρκετά τώρα · φάε, μικρή.» Η Κονστάνζε έβγαλε το πιάτο από το φούρνο μικροκυμάτων.

«Μπορείς να έρθεις σε μας για το οτιδήποτε · το ξέρεις αυτό, έτσι;»

Η Μαντελίν έγνεψε με το στόμα της γεμάτο. Ήταν αρκετά για αυτό το βράδυ. Ίσως ο παππούς δεν θα έλεγε τίποτε άλλο · αφού θα είχε δει ότι κανείς δεν ήταν πια στο πλευρό του.

16

Δεκαοκτώ!

Ας τολμούσε ο παππούς να της ξαναπεί τίποτε. Παρόλο που δεν χρειαζόταν πια. Η λέσχη είχε φέρει πίσω τον Κρις και είχε συνεχίσει τον Square Dance, όμως λόγω των προειδοποιήσεων του Μπρούνο, η Μαντελίν δεν είχε πάει ξανά για προπόνηση. Ο Κρις ήξερε πως να έρθει σε επαφή μαζί της, αν ήθελε.

Αντ 'αυτού είχε συναντηθεί το προηγούμενο από τα γενέθλιά της βράδυ στα ερασιτεχνικά μαθήματα χορού με τον Χίννερκ. Ήταν ευχάριστα μαζί του και η επανάληψη των χορευτικών βημάτων εξαιρετικά χρήσιμη. Είχε πραγματικά ήδη ξεχάσει κάποια. Το οποίο φυσικά ερχόταν εντελώς σε αντίθεση με το σκοπό της εξάσκησης.

Ο παππούς καθόταν στο μπαρ όπως κάθε Παρασκευή και την χαιρέτησε με ενθουσιασμό. Σκέφτηκε ότι θα ερχόταν ξανά τακτικά; Πιθανώς. Γεμάτη εκδικητικότητα απέφυγε να διορθώσει το σφάλμα του.

Η Τάνια ήρθε με τον Χίννερκ κουστωδία στην πιτσαρία, που γιόρτασε τα γενέθλιά της η Μαντελίν. Κάθε ένας από αυτούς κρατούσε ένα υπερμεγέθη πακέτο στα χέρια του. Το μέγεθος ήταν απάτη: έτσι όπως τα κουβαλούσαν, ήταν πολύ ελαφριά. Μειδιάζοντας, τους πήρε τα δώρα και τα έβαλε μπροστά στη βιτρίνα μαζί με τα άλλα.

Η Τάνια κάθισε με τους ανθρώπους από το Γαλλικό Γυμνάσιο, τους οποίους τουλάχιστον εξακολουθούσε να γνωρίζει εκ όψεως.

Ο Χίννερκ έμεινε όρθιος δίπλα στη Μαντελίν. «Πρέπει να πάω αμέσως στο αεροδρόμιο.» Χαμογέλασε φειδωλά και χάιδεψε μια τούφα από τα μαλλιά της. «Αλλά φυσικά δεν γινόταν να παραλείψω να έρθω να σου ευχηθώ.» Το βλέμμα του γέμισε προσδοκία. «Δεκαοκτώ. Τι θα κάνεις με τη νέα σου ελευθερία;»

«Τι εννοείς με αυτό;»

Την κοίταξε απότομα. «Αν δεν ξέρεις...» Στη συνέχεια εξαφανίστηκε η παραμονευτική έκφραση από το βλέμμα του. «Θα είμαι πίσω για τον αποκριάτικο χορό. Δεν θα χάσω το ραντεβού μας.»

Τι είδους ραντεβού; Χρειάστηκε ένα λεπτό · τότε υποψιάστηκε για τι μιλούσε. «Δεν ξέρω...» Στράφηκε από την άλλη κατά το ήμισυ. «Βασικά ούτε καλημέρα δε λέμε με τη λέσχη.»

«Αχ έλα! Είναι καλή εξάσκηση. Στο κάτω κάτω για κάτι τέτοια έμαθες χορό.»

Καχύποπτα ζάρωσε το μέτωπό της. «Γιατί σε νοιάζει τόσο πολύ;»

«Γιατί με νοιάζεις εσύ. Το ξέρεις αυτό!» Ασφαλώς. Αλλά δεν ήθελε να του δώσει ελπίδες, τις οποίες μετά θα έπρεπε να τις πάρει πίσω. Δεν το άξιζε αυτό.

Της έδωσε ένα σκούντηγμα τη μύτη. «Τόσο δύσκολο να αποφασίσεις;»

«Αχ Χίννερκ · κι εγώ νοιάζομαι για σένα. Αλλά...»

«Θα μπορούσα να το ερμηνεύσω λάθος; Δεν το κάνω. Αλλά θα μπορούσες τουλάχιστον να μου δώσεις μια ευκαιρία.»

«Κι άλλη;» ξεστόμισε. Ήταν αστείο υποτίθεται.

«Είχα ήδη λοιπόν μία;» Η φωνή του ήταν τραχιά · τον είχε πληγώσει.

Για μια στιγμή δίστασε, ύστερα κούνησε το κεφάλι. «Δεν ξέρω. Δεν νομίζω.»

«Τότε δεν έχω πια ελπίδες ότι θα λάβω μία τώρα.» Χαμογέλασε ξανά, παρόλο που πρέπει να ήταν απογοητευμένος. «Αλλά μπορούμε ένα όμορφο βράδυ μπορούμε να έχουμε. Στα πλαίσια της φιλίας.» Την κοίταξε ικετευτικά.

«Εντάξει λοιπόν. Θα έρθω.» Αυτό δεν μπορούσε μάλλον να του το αρνηθεί. «Αλλά θα με βρεις κάτω από όλες τις μάσκες;»

Ρουθούνισε. «Σχεδόν κανείς δεν φοράει μάσκα στους χορούς των λεσχών. Οι Βερολινέζοι δεν ξέρουν πως γιορτάζεται το καρναβάλι.»

«Εγώ παρόλα αυτά θα φορέσω μάσκα», εξήγησε αποφασιστικά.

Εξαιτίας της ορμητικότητάς της είχε προκαλέσει την κοροϊδία στην άκρη του ματιού του. Αλλά δεν το έλεγε ως αστείο. Θα ήταν αρκετό για να κρυφτεί από τον Κρις;

«Θα σε αναγνωρίσω. Θα σου προμηθεύσω και τη μάσκα.» Η συνηθισμένη ευθυμία του Χίννερκ είχε επιστρέψει. «Θα σου φέρω μία. Από το Μπαλί ή κάτι τέτοιο. Στα αεροδρόμια της Ασίας πωλείται ότι μπορείς να φανταστείς.»

Μια μάσκα από το Μπαλί, αυτό θα ήταν το κάτι άλλο!

Φαινόταν τρομακτική. Ο Χίννερκ της έφερε τη μάσκα δύο ημέρες πριν από το χορό, αμέσως μετά την προσγείωση. Η Μαντελίν είχε επιλέξει για να ταιριάζει με το θέμα του χορού ένα Biedermeier φόρεμα εποχής με μανίκια φουφούλα· όταν όμως είδε τη μάσκα, άλλαξε το πλάνο της. Γι' αυτήν έπρεπε να προμηθευτεί κάτι πολεμοχαρές.

Σε τόσο σύντομο χρονικό διάστημα η εταιρία ενοικίασης κοστουμιών της προσέφερε μόνο την επιλογή ανάμεσα σε ένα κοστούμι βαμπίρ με μανίκια νυχτερίδα, που υποτίθεται ότι παρίσταναν τα φτερά κι ένα πειρατικό κοστούμι που προοριζόταν βασικά για άνδρα. Στην πρόβα το πειρατικό κοστούμι της κρεμόταν σαν να το φορούσε σκιάχτρο· παρόλα αυτά το πήρε.

Στη μεγάλη αίθουσα ψυχαγωγίας εναλλασόταν ο Γκαστόν Μπεράκ, ένας φοιτητής μουσικής, με μια μικρή μπάντα, που δεν μπορούσε να παίξει μόνο τζαζ, αλλά και τους υπόλοιπους κοινωνικούς χορούς. Στη δεύτερη έπαιζε «μουσική κονσέρβας», χαρακτηριστικό της σημασίας που είχαν οι χοροί ντίσκο. Η απόλαυση των νέων μειώθηκε επίσης κάπως από το γεγονός ότι ο ήχος ντίσκο δεν επιτρεπόταν να ενοχλήσει τους διπλανούς χορευτές. Τουλάχιστον είχαν έναν DJ – τον Κρις, ο οποίος μιλούσε εκείνο το βράδυ επιμόνως αγγλικά, για να διαχωρίσει σαφώς το πρόγραμμα από τα παλαιότερα μέλη της λέσχης.

Ο Ζορζ έσπρωξε αμείλικτα τη Μαντελίν στην αίθουσα χορού για τους «ενήλικες», όπως την ονόμαζε. Ήταν ακριβώς όπως το φοβόταν: οι περισσότεροι από αυτούς ήταν μασκαρεμένοι μάλλον αδιάφορα · κάποιοι μάλιστα καθόλου.

Η Μάργκα είχε καταβάλει κάθε δυνατή προσπάθεια να διακοσμήσει τα τραπέζια με σερπαντίνες και κομφετί και να κρεμάσει σε όλη την αίθουσα λαμπιόνια σε πολύχρωμο τυλιχτό σκοινί. Αλλά αυτό ήταν το μόνο πράγμα που έδινε στην αίθουσα χαρακτήρα καρναβαλιού. Σε όλα τα τραπέζια υπήρχαν αρκετά κοντά μολύβια, που ακόμη και ο Ζορζ τα κοίταζε παραξενεμένος.

Οι παππούδες δεν ήταν μασκαρεμένοι – πράγμα που σήμαινε ότι και η δική της μάσκα ήταν άχρηστη. Ο καθένας μπορούσε να μαντέψει ποια ήταν. Υπήρχε η ελπίδα ότι θα εμφανιζόταν σύντομα ο Χίννερκ και θα την απελευθέρωνε από αυτή την τρομερή ατμόσφαιρα. Από την άλλη – δίπλα ήταν ο Κρις. Αν εμφανιζόταν εκεί με τον Χίννερκ, πιθανότατα θα την αναγνώριζε, παρά την ιδιαίτερη μάσκα της.

Η Μάργκα πέρασε ανάμεσα στις σειρές – και μοίρασε χορευτικές κάρτες στις κυρίες. Φάνηκε να διασκεδάζει θαυμάσια με την ιδέα της. «Αυτό ταιριάζει απόλυτα με το σύνθημα της χοροεσπερίδας» – το οποίο σχεδόν κανείς δεν είχε σεβαστεί. Αλλά κανείς δεν τόλμησε να αρνηθεί την παραλαβή της χορευτικής κάρτας. Η Μάργκα τα είχε δημιουργήσει σύμφωνα με ένα παραδοσιακό πρότυπο: στην εξωτερική πλευρά το λογότυπο της λέσχης και χώρος για το όνομα της κατόχου της. Στο εσωτερικό όλα τα μουσικά κομμάτια με την ένδειξη χορού, τίτλου και συνθέτη και από κάτω μια γραμμή για την αναγραφή του παρτενέρ.

Φυσικά ήρθε όλος ο κόσμος να χαιρετήσει τον Ζορζ. Όταν ο πρώτος από τους καβαλιέρους ρώτησε τη Μαντελίν αν είχε χορευτική κάρτα, το αρνήθηκε. Ο Ζορζ αντιμίλησε οργισμένα και αναγκάστηκε να χαρίσει στον καβαλιέρο μια καταχώρηση. Όταν όμως έβαλε πλώρη προς το μέρος της ο Ρόμπερτ Μέρκ, διέγραψε γρήγορα αρκετούς χορούς.

«Ο παρτενέρ μου δεν είναι ακόμα εδώ. Αυτό περιπλέκει κάπως τα πράγματα.»

Χαμογέλασε αυτάρεσκα. «Αν είχες έρθει μαζί μου, δεν θα σε άφηνα να κάθεσαι.»

«Ο Χίννερκ δεν με άφησε να κάθομαι! Εργάζεται.» Αλλά για μια στιγμή δεν ήταν τόσο σίγουρη. Ο Χίννερκ ήταν κάπως περίεργος, όταν της έφερε τη μάσκα. Και όταν του ζήτησε να περάσει να την πάρει, το είχε αποφύγει με μια ξεφτισμένη δικαιολογία.

Επειδή ήταν απρόθυμη να αφήσει τον Ρόμπερτ να έχει τη χορευτική της κάρτα, ο Ζορζ την κοίταξε ιδιαίτερα αγανακτισμένος. Άνοιξε κιόλας το στόμα του για να πει κάτι· τότε η Φριντερίκε έβαλε το χέρι της στο μπράτσο του και τον φρέναρε.

Την είχε βαμμένη. Καλύτερα μάλλον να είχε μείνει σπίτι. Με ένα σιγανό γρύλισμα παρέδωσε η Μαντελίν στο Ρόμπερτ τη χορευτική της κάρτα. Αλλά όταν ήθελε να γράψει τον εαυτό του για ένα δεύτερο χορό, το άρπαξε ξανά γρήγορα από το χέρι του. Ειδικά ο Ρόμπερτ Μερκ. «Δεν έχεις μονοπώλιο πάνω μου!»

«Αχ ναι; Το έχει ο Χίννερκ ίσως; Γι' αυτόν διέγραψες τους πολλούς χορούς;»

Η Μαντελίν πετάχτηκε, άρπαξε την τσάντα της και τράβηξε απότομα τη μάσκα από το πρόσωπό της. «Άσε με στην ησυχία μου!» Με το βλέμμα καρφωμένα στον Ζορζ έσκισε τη χορευτική κάρτα σε μικρά κομματάκια. Ας τολμούσε να ξαναπεί τίποτε γι' αυτό. «Ποιος είχε αυτήν την ηλίθια ιδέα;» Σκόρπισε τα κομματάκια χαρτιού στο πάτωμα.

Ο Ζορζ είχε γίνει κόκκινος και μια φλέβα χτυπούσε εμφανώς στον κρόταφο του Ρόμπερτ. Αλλά κανείς δεν είπε τίποτα · δεν ήθελαν να δημιουργήσουν σκηνή.

«Δεν χρειάζεται να με πας σπίτι, παππού. Θα πάρω ένα ταξί.»

Γιατί δεν είχε έρθει ακόμα ο Χίννερκ; Η σκέψη ότι δεν μπορούσε να υπολογίζει σε αυτόν την έκανε ακόμα πιο θυμωμένη. Άρπαξε τη μάσκα της και έφυγε. Με έναν σκόπιμα δυνατό κρότο έκλεισε την πόρτα της αίθουσας πίσω της.

Όταν άνοιξε την πόρτα στο κλιμακοστάσιο, συγκρούστηκε με τον Χίννερκ.

Ψευτογελώντας τη σταμάτησε. «Τελείωσε κιόλας το πάρτυ;»

Του έβγαλε τα νύχια της, και τότε εκείνος την ακολούθησε γελώντας. «Αυτό το εκλαμβάνω ότι δεν σου άρεσε στην αίθουσα χορού και είπες αντίο στους παππούδες σου.»

Του έβγαλε ξανά νύχια.

Ο Χίννερκ άρπαξε το χέρι της και τη στριφογύρισε στο πλατύσκαλο. «Υπέροχα. Ακριβώς έτσι έπρεπε να είναι!»

«Τι; Τρελάθηκες;» Προσπάθησε να απελευθερωθεί, αλλά εκείνος έβαλε το μπράτσο γερά γύρω από τους ώμους της.

«Έλα! Τώρα μπορείς να διασκεδάσεις.» Την οδήγησε ξανά πάνω στη σκάλα.

Ήταν πολύ σαστισμένη για να αντισταθεί. «Τι σημαίνει αυτό;»

«Σε περίμενα εδώ. Το φαντάστηκα ότι δε θα κρατιόσουν για πολύ. Χορεύουμε στην αίθουσα ντίσκο!»

Γι' αυτό άρχισε να τραβιέται ξανά για να απελευθερωθεί. «Ωχ όχι! Δεν πηγαίνω εκεί. Ο Κρις κάνει τον DJ!»

«Βάλε τη μάσκα σου. Δεν θα σε αναγνωρίσει.»

Δεν ήταν σε καμία περίπτωση σίγουρη γι 'αυτό. Έκλεισε τα μάτια της. «Δεν θέλω!»

«Έχουμε ένα ραντεβού · το ξεχάσες αυτό;»

«Πριν από μισή ώρα.» Ξεφύσηξε εκνευρισμένη.

«Έτσι; Είχαμε πει ώρα;» Όχι, δεν είχαν. Αυτή ήταν η πρόθεση; «Το ότι θα ήταν και ο Κρις εδώ, αυτό έπρεπε να το έχεις υπολογίσει.»

«Όχι!» Βημάτισε προς εκείνον· έπρεπε επιτέλους να την αφήσει να φύγει. «Χορεύει Square Dance.»

«Εννοείς ότι δεν πάει πια σε ντίσκο; Πολύ μεγάλος;»

«Ο Κρις δεν είναι πολύ μεγάλος!» Γιατί το είπε αυτό;

«Έλα τώρα λοιπόν!» Ο Χίννερκ την οδήγησε από την μπροστινή πόρτα στο μπαρ. Άφησε την Μάργκα να τον σερβίρει δύο ποτήρια Prosecco και τσούγκρισε με τη Μαντελίν. «Ας δώσει να είναι το υπόλοιπο βράδυ καλύτερο από την αρχή του.»

Απομάκρυνε το ποτήρι της χωρίς να πιει και η μύτη του συνοφρυώθηκε από διασκέδαση.

Τράβηξε μια μάσκα από την τσέπη του και έβγαλε το παλτό του. «Στη μάχη!»

Ποια μάχη; Και πάλι είχε την υποψία ότι κάτι σκάρωνε. Πήρε το ποτήρι της και το άδειασε βιαστικά.

Ο Χίννερκ άνοιξε την πόρτα στην αίθουσα ντίσκο και το *Snow in July* της Marusha αντήχησε στο διάδρομο. Τρύπωσαν γρήγορα μέσα. Στο αχνό φως οι χορευτές δεν ήταν παρά σκιές, που κινούνταν στον αντίθετο φωτισμό.

Ο Κρις είχε το κεφάλι στραμμένο προς αυτούς. Το φως που είχε πέσει μέσα από την ανοιχτή πόρτα είχε προσελκύσει πιθανώς την προσοχή του. Την κοιτούσε επίμονα; Ενοχλημένη η Μαντελίν κούνησε το κεφάλι της. Κάτω από τη μάσκα της δεν αναγνωριζόταν και το υπερμέγεθες κοστούμι έκρυβε τη γυναικεία μορφή της ειδικά σε αυτό το σκοτάδι. Παρ' όλα μια ανατριχίλα έτρεξε στην πλάτη της.

Ο Κρις φορούσε μια απλή βενετσιάνικη μισή μάσκα, που φαινόταν να τονίζει τη λάμψη των ματιών του.

«Τι περιμένεις;», φώναξε ο Χίννερκ στο αυτί της. Την τράβηξε στην πίστα.

Η Μαντελίν έκλεισε τα μάτια της και άφησε τον εαυτό της να παρασυρθεί από το ρυθμό της μουσικής. Αλλά εξακολουθούσε να αισθάνεται το βλέμμα του Κρις. Απερίσπαστο. Ερωτηματικό. Πιεστικό.

Μετά από δύο γρήγορα κομμάτια ήρθε ένα μπλουζ και ο Χίννερκ την τράβηξε κοντά του. «Καλύτερα εδώ από ότι δίπλα, έτσι δεν είναι;» Είχε ζεσταθεί από το χορό και η ζεστασιά του την έκαψε μέσα από το κοστούμι της. Ξαφνικά ήταν πολύ σφιχτά για κείνη και προσπάθησε να κερδίσει απόσταση ανάμεσα σ' αυτόν και τον εαυτό της. Χόρευε τώρα με τα μάτια της ανοιχτά και στην επόμενη στροφή διασταυρώθηκε το βλέμμα της με κείνο του Κρις. Την κοιτούσε πραγματικά απερίσπαστα.

«Ο Κρις με αναγνώρισε. Πως έτσι;»

«Από τον τρόπο που κινείσαι;» Ο Χίννερκ άρχισε να μουρμουρίζει τη μελωδία. Έμοιαζε με ικανοποιημένη γάτα. Τι συνέβαινε εδώ; Εντωμεταξύ τον είχε ικανό να έχει δείξει τη μάσκα από το Μπαλί στον Κρις, προτού να την φέρει σε κείνη. Δεν θα ήταν καν παράκαμψη.

Το κομμάτι τελείωσε και απελευθερώθηκε. «Ζεσταίνομαι. Ας πάρουμε κάτι να πιούμε.»

«Χμ. Περίμενε εδώ. Θα βολιδοσκοπίσω την κατάσταση. Σίγουρα δεν θέλεις να σε δει ο παππούς σου.» Τρία βήματα από τον Κρις, την άφησε για να πάει στην πόρτα. Την άνοιξε και κοίταξε προσεκτικά έξω.

Έμοιαζε πραγματικά γελοίος και η Μαντελίν γέλασε δυνατά. Τρομαγμένη χτύπησε το χέρι της πάνω από το στόμα της · αλλά φυσικά πολύ αργά. Τώρα ο Κρις θα την είχε σίγουρα αναγνωρίσει.

Θυμός την πλημμύρισε. Πόσο ηλίθιο να έρθει εδώ γενικά. «Τι γελάς έτσι;» Του έβγαλε νύχια. Ο Κρις δεν είχε γελάσει καθόλου.

«Αυτό το κοστούμι σου ταιριάζει υπέροχα, Μαντελίν.» Πώς μπορούσε η φωνή του να ακούγεται ακόμη τόσο απαλή σε αυτόν τον θόρυβο, σαν να τη χάιδευε;

Η Μαντελίν πλησίασε αυτόματα. Το βλέμμα του Κρις την έκαψε και ο καρδιακός παλμός της επιταχύνθηκε. Έκανε ένα ακόμα βήμα. Η κονσόλα της μουσικής τους χώριζε, αλλά το άφτερ σέιβ του έφτασε στη μύτη της. Ή ήταν μόνο η ανάμνηση της μυρωδιάς; Το ότι θα συνέδεεμια μυρωδιά με έναν άνδρα, δεν θα το φανταζόταν ποτέ στη ζωή της. «Χαίρομαι, που διασκεδάζεις τόσο.»

«Εσύ όχι;» Το βλέμμα του έπεσε στην πόρτα, που στεκόταν ακόμα ο Χίννερκ· μετά πάλι σε κείνη.

Η Μαντελίν ανασήκωσε τους ώμους. «Έκανα μια χάρη στον Χίννερκ.» Τι καλά που η μάσκα έκρυβε την κοκκινίλα που ανέβηκε στο πρόσωπό της, όταν κατάλαβε πόσο παρεξηγήσιμα ήταν τα λόγια της. «Αυτός... αυτός δεν έχει σταθερή ντάμα, γιατί είναι τόσο συχνά καθ' οδόν.»

Ο Κρις έγνεφε. «Ένα πρόβλημα για τον Square Dance. Καιρό τώρα.»

Η Μαντελίν κούνησε τα δάχτυλα των ποδιών με δυσφορία, ώστε να μην μετατοπιστεί από το ένα πόδι στο άλλο. Και το δικό της βλέμμα έπεσε στην πόρτα. «Ο Χίννερκ περιμένει.»

Ο Κρις έγνεφε ξανά.

Δεν κινήθηκε. «Μήπως να...» Καθάρισε το λαιμό της. «Θα μπορούσα να σου φέρω κάτι να πιεις.»

«Αυτό θα ήταν ευγενικό εκ μέρους σου.»

Ευγενικό! Όρμηξε τρέχοντας για να μην εκραγεί μπροστά στα μάτια του.

«Ο ορίζοντας είναι καθαρός!» Ο Χίννερκ την έπιασε από το χέρι και περπάτησε μαζί της στο μπαρ. «Κρίμα που οι παππούδες σου γνωρίζουν τη μάσκα.»

Σκαρφάλωσε σε ένα από τα σκαμπό του μπαρ. «Καλά θα κάνουν να με αφήσουν στην ησυχία μου. Χορευτικές κάρτες!» Ρουθούνισε. «Πραγματικά έχασες.»

Η Μάργκα έβαλε μπροστά τους ένα Prosecco και μια μπίρα χωρίς να της ζητηθεί. Η Μαντελίν τράβηξε τη μάσκα πάνω στα μαλλιά της και σκούπισε τον ιδρώτα από το μέτωπό της με την πλάτη του χεριού της. Στη συνέχεια άδειασε το ποτήρι της με μια γουλιά. «Δεν θέλω να μάθω πώς αισθάνονται οι χορεύτριες της σάμπα στο Ρίο. Πρέπει να κολυμπούν στον ιδρώτα από τη ζέστη εκεί.»

Ο Χίννερκ γέλασε. «Ίσως και να κολυμπούν.»

Η Μαντελίν έτεινε το άδειο ποτήρι της στη Μάργκα. Η Μάργκα σήκωσε το ένα φρύδι.

«Είναι δεκαοκτώ, Μάργκα. Δεν μπορείς να την σταματήσεις πια.»

Η Μάργκα γρύλισε κάτι και ύστερα σέρβιρε τη Μαντελίν. «Αν πίνεις τόσο γρήγορα, θα σε πιάσει λόξυγγας.»

«Λόξυγγας; Ναι καλά, αφού δεν μεγαλώνω πια.» Και πάλι άδειασε το ποτήρι με μία γουλιά. «Αυτό ήταν κατά της δίψας. Το επόμενο ποτήρι θα το πιω με κατάνυξη.» Έσκυψε πάνω από το πάγκο. «Σε περίπτωση που έχεις μια άλλη μάρκα. Αυτό εδώ...» Σήκωσε περιφρονητικά τη μύτη της.

«Έχω επίσης μεταλλικό νερό.» Η Μάργκα φαινόταν αποφασισμένος να παραστήσει την επόπτρια.

«Μήπως ο παππούς φοβάται ότι τα τόσο αξιοσέβαστα μέλη της τόσο φημισμένης λέσχης θα μπορούσαν να μεθύσουν; Στο καρναβάλι πρέπει να μεθοκοπάμε!» Ακούμπησε το άδειο ποτήρι για να ξαναγεμιστεί και γύρισε στον Χίννερκ. «Η μήπως όχι;»

Εκείνος ανασήκωσε τους ώμους. «Είμαι από τη βόρεια Γερμανία. Εκεί μπορούν το καρναβάλι λιγότερο από ότι δω.» Η Μαντελίν πήγε να αρπάξει το μπουκάλι, ενώ η Μάργκα τη σέρβιρε. «Άστο εδώ · έτσι δεν θα χρειάζεται να ασχολείσαι.» Ψευτογέλασε. «Θα έχει τελειώσει προτού να ζεσταθεί.» Με προσοχή άγγιξε τα μάγουλά της. Ένιωθαν ξαφνικά λίγο μουδιασμένα. Παράξενο.

Κατέβηκε γλιστρώντας από το σκαμπό του μπαρ και πήρε το ποτήρι της. «Έλα να συνεχίσουμε το χορό.» Μετά από ένα βήμα στράφηκε πάλι πίσω. «Μάργκα, υποσχέθηκα στον Κρις να του πάω κάτι για να πιει.»

Η Μάργκα είχε ένα βλακώδες ύφος. Ύστερα πήρε μια μπύρα από το ψυγείο και την άνοιξε. Ο Χίννερκ επίσης· αλλά το δικό του έμοιαζε περισσότερο με θρίαμβο, έτσι;

Η Μάντελιν πήρε το μπουκάλι της μπύρας στο άλλο χέρι και κορδώθηκε πίσω στην αίθουσα. Ο Χίννερκ ήταν κολλημένος δίπλα της· με το ένα χέρι στον αγκώνα της σαν να ήθελε να τη στηρίξει. Αλλά για να ανοίξει την πόρτα, έπρεπε να την αφήσει. Η ξαφνική απώλεια της στήριξης μπέρδεψε τη Μάντελιν και στηρίχτηκε πάνω του.

Ο Κρις κάρφωσε το βλέμμα του πάνω της σαν να την περίμενε. Και η πόρτα ήταν δύσκολο να μην ακουστεί. Γιατί η Μάργκα δεν την είχε φτιάξει εδώ και τόσο καιρό; Συνήθως ήταν τόσο σχολαστική.

Η μπύρα βγήκε αφρίζοντας από το μπουκάλι από την ορμή με την οποία η Μάντελιν την ακούμπησε μπροστά στον Κρις.

«Ευχαριστώ!» Άφησε το μπουκάλι να τσουγκρίσει με το ποτήρι του αφρώδες κρασιού της. Το CD τελείωσε και ο Κρις γύρισε γρήγορα, για να παίξει ένα άλλο.

«Δεν έχουμε πραγματικά τραγούδια καρναβαλιού;»

«Πως! Δίπλα.»

Ο Χίννερκ εμφανίστηκε δίπλα της. «Αν θέλεις να ταλαντεύεσαι, πρέπει να πας πίσω στους παππούδες σου.»

Εκείνη γρύλισε. «Νομίζουν ότι έχω ήδη πάει στο σπίτι.» Τσούγκρισε το μπουκάλι μπύρας του Χίννερκ με το και πάλι άδειο ποτήρι της. «Τώρα ξέχασες εσύ να φέρεις το Prosecco.»

«Εγώ;» Ο Χίννερκ ψευτογέλασε ειρωνικά.

«Μα φυσικά! Μπορεί να με περνάς για τέρας, αλλά τρία μπράτσα δεν έχω όμως ακόμη.»

«Μην εγκαταλείπεις την ελπίδα. Ίσως να σου φυτρώσει κανένα.»

Η Μάντελιν κοίταξε για μια στιγμή τον Χίννερκ εμβρόντητη. Γινόταν απαίσιος τώρα;

Αυτό ξεπερνούσε τα συνηθισμένα πειράγματα. Τι στο καλό είχε;

«Καλύτερα όχι. Τότε ακόμη περισσότερο δε θα με θέλει κανείς.» Ξαφνικά την έπιασε λόξυγγας. Δεν είχε βοηθήσει σε τίποτα λοιπόν το γεγονός ότι είχε πιει αργά.

«Τότε ακόμη περισσότερο κανείς;» Το βλέμμα του Χίννερκ περιπλανήθηκε για μια στιγμή – στον Κρις; «Δεν είναι ακόμα αρκετοί αυτοί που σε φλερτάρουν;»

«Πφ! Τι να κάνω μαζί τους; Μπούληδες. Παιδιά. Άγουρα αγόρια.» Αντιλήφθηκε την τραυματισμένη έκφραση στο πρόσωπο του Χίννερκ και έκλεισε τρομαγμένη το στόμα της με το χέρι της. «Δεν εννοώ εσένα μ' αυτό.» Η μάσκα της τσιμπούσε τα δάχτυλά · κατέβασε το χέρι της.

Με την άκρη του ματιού της κρυφοκοίταξε τον Κρις. Το βλέμμα του έμεινε απαράλλακτο. «Και επίσης δεν εννοώ ούτε εσένα!» Πάλι λόξυγγας · αυτή τη φορά ήταν χαρούμενη που συνέβη. Το χικ κάλυπτε το πόσο πικρή ακουγόταν.

Ο Κρις σήκωσε το κεφάλι του λίγο ψηλότερα · του βλέμμα του έγινε προσεκτικό.

Η Μαντελίν έσπρωξε τη μάσκα πάλι πάνω στα μαλλιά της και τον έδειξε με το δάχτυλο. «Εσύ ανήκεις στην άλλη κατηγορία.» Το επόμενο χικ του λόξυγγα τη διέκοψε. Ο Κρις δεν κινήθηκε. Πήγε πιο κοντά, έσκυψε η μισή πάνω από την κονσόλα. «Στους άλλους, αυτούς που δεν με θέλουν.» Ο Κρις έσφιξε τα δόντια του · οι μύες στο μάγουλό του συσπάστηκαν.

Το επόμενο, ακόμα δυνατότερο χικ έκανε το χέρι της να ταλαντευεί και ακούμπησε το ποτήρι γρήγορα πάνω στην κονσόλα. Ο Κρις άπλωσε το χέρι του. Δεν άρπαξε όμως το ποτήρι, αλλά το μπράτσο της.

Κατέπνιξε ένα λυγμό. «Δεν με θέλεις!»

«Μαντελίν!» Τα μάτια του την ικέτευαν και αναρωτιόταν για ποιο λόγο την ικέτευε.

«Με κατσαδιάζεις.»

«Δεν ήθελα να σε πληγώσω.» Αυτό ακούστηκε με μισή καρδιά· αυτό δεν ήταν μια ειλικρινής συγγνώμη.

Τον κεραύνωσε. «Αλλά το έκανες. Πάνω από μία φορά. Κι εγώ...» Πετούσε οργισμένες σπίθες. «Εξαιτίας σου άφησα την ομάδα ξεκρέμαστη. Δεν το αντέχω να σε βλέπω!»

Κατάπιε βίαια.

«Και γιατί στέκεσαι τότε εδώ;» ρώτησε ο Χίννερκ από πίσω.

Στροβιλίστηκε. «Επειδή με ανάγκασες!» Προσπάθησε να καλύψει τη μουσική. «Και παράλληλα το ήξερες ότι είναι εδώ.»

«Κι εσύ δεν το ήξερες;» Ο Χίννερκ χαμογέλασε σαρδόνια.

«Μαντελίν.» Η φωνή του Κρις πίσω της ήταν σιγανή· παραδόξως, παρόλα αυτά τον άκουσε. Τότε συνειδητοποίησε ότι η μουσική είχε σταματήσει.

Γύρισε ξανά από την άλλη και έδειξε την κονσόλα. «Παραμελείς τη δουλειά σου.» Δεν κινήθηκε.

Κοίταξε στο πλάι. Φυσικά είχαν τώρα την προσοχή όλων. Αυτό της έλειπε τώρα· να το διηγιόταν κάποιος στον παππού.

Ένα ακόμα χικ την εμπόδισε να μιλήσει. Πίεσε τα χέρια της στο πονεμένο διάφραγμα. Και τότε είχε την αίσθηση ότι σε λίγο θα ξερνούσε. Κατάπιε με κόπο.

Ο Χίννερκ την έσπρωξε απαλά ένα βήμα παραπέρα και πήγε στον Κρις πίσω από την κονσόλα. «Θα σε αποδεσμεύσω.» Ακούμπησε στιγμιαία το μπράτσο του Κρις.

Ο Κρις πήρε μια ανάσα και πήγε προς την Μαντελίν, με το βλέμμα του σταθερά καρφωμένο στο πρόσωπό της. Ήρθε τόσο κοντά που οι γοφοί τους ακούμπησαν κι ένα ζεστό κύμα τύλιξε τη Μαντελίν. Άρπαξε τον ώμο του.

Η φωνή του Κρις έγινε πιο σκληρή. «Ήπιες υπερβολικά πολύ, Μαντελίν!»

Γύρισε το κεφάλι της. «Και...» ένα χικ... «και λοιπόν; Είμαι δεκαοκτώ τώρα. Δεν έχετε τίποτα άλλο να μου υπαγορεύσετε!» Προσπάθησε να τον καρφώσει προκλητικά με το βλέμμα της· αλλά είχε δυσκολία στο να εστιάσει. Με κάποιο τρόπο το δωμάτιο γύριζε γύρω της. Παρ' όλα αυτά είχε την βεβαιότητα ότι ένα χαμόγελο απλώθηκε στο πρόσωπό του.

«Είσαι δεκαοκτώ τώρα; Μου φαίνεται ότι έχασα τα γενέθλιά σου!»

«Δεν ήσουν καλεσμένος.» Το δωμάτιο άρχισε να περιστρέφεται γρηγορότερα κι εκείνη πιάστηκε από πάνω του.

Ο Κρις την αγκάλιασε και με τα δύο μπράτσα και την οδήγησε έξω από την αίθουσα. «Μάργκα, θα χρειαστεί κάτι για το κεφάλι της.»

«Το κεφάλι μου είναι άψογο.» Στο μπαρ γλίστρησε στο πάτωμα. «Γιατί μου κάνεις καψόνια, Κρις;» Δάκρυα κύλησαν στο πρόσωπό της. «Δεν το αντέχω να σε βλέπω.» Στηρίχτηκε στο ξύλινο πλαίσιο κι έκλεισε τα μάτια. Ένα δάκρι έσταξε στο χέρι της.

Ξαφνικά ο Κρις καθόταν στο πάτωμα δίπλα της και την τραβούσε κοντά του. «Κι εγώ σ' αγαπώ.» Της χάιδεψε τα μαλλιά, τότε τα δάχτυλά του έφτασαν στον αυχένα της και την χάιδεψε με τον αντίχειρά, ενώ την κρατούσε. Το στόμα του ήταν στο μάγουλό της και αργά αργά φίλησε το ένα δάκρυ μετά το άλλο.

«Έχω τα διπλάσια χρόνια από σένα, Μαντελίν. Δεν έχω ιδέα πως πρέπει να προχωρήσει αυτό με τους δυο μας. Είσαι τόσο νέα και...» Κόμπιασε και τη φίλησε απαλά στο στόμα. Η γλώσσα του έπαιξε για μια στιγμή με τα χείλη της, και τότε πήρε ξανά μπρος. «Ποιος ξέρει αν θα έχουμε μια ευκαιρία. Αλλά, μα τον ουρανό, σε αγαπώ. Θέλω να έχω αυτό το χρόνο μαζί σου, ανεξάρτητα με το που θα καταλήξει στο τέλος.»

Η Μαντελίν άνοιξε τα μάτια της και έκανε το κεφάλι της πίσω, ώστε να μπορεί να τον κοιτάξει. «Έχουμε πολλά περισσότερα κοινά από τον χορό μόνο.» Ήθελε να χαμογελάσει, αλλά ένα νέο κύμα ναυτίας την κατέβαλε. «Θα πετύχει. Κάπως.» Έμπηξε τα δάχτυλά της στους ώμους του. «Εμείς θα κλέβουμε μια μέρα τη φορά.» Στο διάολο το μεθύσι! Ήταν ευτυχισμένη.

ΤΕΛΟΣ

Περισσότερα μυθιστορήματα για τη λέσχη χορού Lietzensee
„Quick, quick, slow" – Η λέσχη χορού Lietzensee είναι μια
σειρά, που έχει γραφτεί από πολλές συγγραφείς από κοινού.
Από την Annemarie Nikolaus έχουν εκδοθεί μέχρι στιγμής
εκτός από την «Εγγονή»:

Επιστροφή στο παρκέ

Μετά από ένα σοβαρό τροχαίο ατύχημα η Φριντερίκε
Λαγκράνζε έπρεπε να εγκαταλείψει τον χορό τουρνουά και αντί
αυτού να κάνει καριέρα ως καθηγήτρια ανωτάτης σχολής. Τώρα
μαζί με έναν συνάδελφο τολμά να επιστρέψει στο παρκέ. Όταν
όμως σχεδιάζει μια ταινία για τους χορούς του μπαρόκ με τη
λέσχη χορού Lietzensee, θέλει και ο άντρας της να χορέψει
ξανά μαζί της. Μπορεί να λύσει το δίλλημα της, χωρίς να
πληγώσει κάποιον από τους δύο;
Βιβλίο τσέπης ISBN 9782902412525

Φλερτ με έναν σταρ

Η κρυφή αγάπη της Τάνια Γουόλτερς είναι ο παρτενέρ της στον
Square Dance Μίκυ Χάσλοφ. Όταν όμως οι χορευτές
προσλαμβάνονται για ένα γουέστερν, φλερτάρει με τον σταρ της
ταινίας, τον Μανόλο Ριόγια. Από ζήλια ο Μίκυ σαμποτάρει το
γύρισμα. Μια συνάντηση με τον Ριόγια και τη σύζυγό του τον
πείθει ότι δεν του στέκεται εμπόδιο ο σταρ, αλλά ο ίδιος του ο
φόβος. Θα τολμήσει λοιπόν ο Μίκυ να ομολογήσει την αγάπη
του στην Τάνια;
Βιβλίο τσέπης ISBN 9782902412532

Για τη συγγραφέα:

Η Annemarie Nikolaus, γέννημα θρέμμα της Έσσης, έζησε για είκοσι χρόνια στη Βόρεια Ιταλία. Το 2010 μετακόμισε με την κόρη της στην Ωβέρνη της Γαλλίας.

Έχει σπουδάσει ψυχολογία, δημοσιογραφία, πολιτική και ιστορία και έχει υπάρξει ενεργή εκτός των άλλων ως ψυχοθεραπεύτρια, επιμορφώτρια ενηλίκων, δημοσιογράφος, επιμελήτρια εκδόσεων και μεταφράστρια.

Στις αρχές του 2001 ξεκίνησε με τη λογοτεχνική γραφή. Από το 2011 εκδίδει ως ανεξάρτητη από εκδοτικούς οίκους. Qindie-Συγγραφέας

Blog στα ελληνικά: http://bit.ly/3a6ExiP

Εδώ μπορείτε να τη βρείτε αν επιθυμείτε να κρατήσετε επαφή:
Facebook: http://www.facebook.com/AnnemarieNikolaus
Twitter: http://twitter.com/AnneNikolaus

******

Εάν σας άρεσε αυτό το μυθιστόρημα, παρακαλώ να το συστήσετε και σε άλλους.
Θα χαιρόμουν με μια κριτική σας.

***

Εκδόσεις:

<u>Στα Ελληνικά:</u>

Μαγικές ιστορίες . Διηγήματα όχι μόνο για παιδιά. ISBN της έκδοσης βιβλίου τσέπης 9782902412907

Η εγγονή. Ερωτικό μυθιστόρημα από την σειρά „*Quick, quick, slow – Η λέσχη χορού Λίτσενζε*". ISBN της έκδοσης βιβλίου τσέπης 9782902412891

<u>Οι πρωτότυπες γερμανικές εκδόσεις:</u>
<u>Μυθιστορήματα και διηγήματα:</u>

Ιστορικά

Βασιλική Δημοκρατία - Königliche Republik. Ιστορικό μυθιστόρημα. ISBN της έκδοσης βιβλίου τσέπης 9782902412471

Παραγεγραμμένος - Verjährt. Ιστορικό αστυνομικό μυθιστόρημα-Διηγήματα. ISBN της έκδοσης βιβλίου τσέπης 9782902412549

Φαντασίας

Η πειρατίνα - Die Piratin. Σειρά «Ο κόσμος των δράκων» - „*Drachenwelt*". Μυθιστόρημα φαντασίας. ISBN της έκδοσης βιβλίου τσέπης 9782902412495

Μαγικές ιστορίες - Magische Geschichten. ISBN της έκδοσης βιβλίου τσέπης 9782902412488

Το άλογο της φωτιάς - Das Feuerpferd. Μυθιστόρημα φαντασίας, από κοινού με την Monique Lhoir και την Sabine Abel. ISBN της έκδοσης βιβλίου τσέπης 9782902412501

Ημέρα κούρσας στο Κρουσάρ - Renntag in Kruschar. Σειρά «Ο κόσμος των δράκων» - „Drachenwelt". Ανθολογία φαντασίας. Μόνο E-Book.

Λαμπερή ελπίδα - Leuchtende Hoffnung. Ένα μυθιστόρημα επιστημονικής φαντασίας ως ημερολόγιο Advent. Εικονογραφημένο μυθιστόρημα επιστημονικής φαντασίας. ISBN της έκδοσης βιβλίου τσέπης 9782902412563

Αστυνομικά

Ustica. Ένα σύντομο θρίλερ. ISBN της έκδοσης βιβλίου τσέπης 9782902412556 . Βιβλίο τσέπης με κουπόνι για το E-Book.

Νεκρός - Tot. Θανατηφόρα διηγήματα. ISBN της έκδοσης βιβλίου τσέπης 9782290241258.

Ρομαντικά

Η εγγονή - Die Enkelin. Ερωτικό μυθιστόρημα από τη σειρά «*Quick, quick, slow – Λέσχη χορού Lietzensee*» των εκδόσεων Schreibwerk. ISBN της έκδοσης βιβλίου τσέπης 9782902412518

Φλερτ με έναν σταρ - Flirt mit einem Star. Ερωτικό μυθιστόρημα από τη σειρά «*Quick, quick, slow – Λέσχη χορού Lietzensee*» των εκδόσεων Schreibwerk. ISBN της έκδοσης βιβλίου τσέπης 9782902412532

Zurück aufs Parkett. Γαμήλιο μυθιστόρημα από τη σειρά „*Quick, quick, slow – Λέσχη χορού Lietzensee*» των εκδόσεων

Schreibwerk. ISBN της έκδοσης βιβλίου τσέπης
9782902412525

Ειδικά βιβλία

Αξιοθέατα καθοδόν

**Ακουιτανία: Το τέλος ενός πολέμου - Aquitanien: Das Ende
eines Krieges.** *Σειρά «Στην άκρη της διαδρομής...» „Am
Rande des Weges..."* ISBN της έκδοσης βιβλίου τσέπης
9782902412570

Η σειρά για θέματα λογοτεχνίας και βιβλία

Ψάχνω ταξιδιωτική συνοδεία - Suche Reisebegleitung.
Μαγκαζίνο. ISBN της έκδοσης βιβλίου τσέπης 9781499608427.

Νέοι κόσμοι - Junge Welten. *Μαγκαζίνο.* ISBN της έκδοσης
βιβλίου τσέπης 9781500971991

www.ingramcontent.com/pod-product-compliance
Lightning Source LLC
La Vergne TN
LVHW091725190726
843493LV00001B/456